나를 생각하면 내가 행복해

나를 생각하면 내가 행복해

© 여상도, 2023

초판 1쇄 발행 2023년 1월 15일

지은이   여상도
펴낸이   이기봉
편집   좋은땅 편집팀
펴낸곳   도서출판 좋은땅
주소   서울특별시 마포구 양화로12길 26 지월드빌딩 (서교동 395-7)
전화   02)374-8616~7
팩스   02)374-8614
이메일   gworldbook@naver.com
홈페이지   www.g-world.co.kr

ISBN   979-11-388-1561-1 (03810)

여상도 지음

나를 생각하면 내가 행복해

고요한
마음으로 쓴
자기성찰
에세이

좋은땅

나와 너 그리고 우리의 행복

우리는 행복해지기를 바란다. 행복은 나와 너 그리고 우리가 모두 지향하는 최종적인 목표이다. 하지만 사람들은 행복이란 말이 무엇을 뜻하는지 정확히 알지 못한다.

행복은 관념적인 단어이다. 손에 잡히지도 않고 현실 세계에서 실현 가능하다고 느껴지지도 않는다. 행복은 우리가 추구하는 것이기는 하지만, 그 구체적인 모습을 종이 위에 그리거나 쓸 수가 없다. 행복의 정의를 표현하기 힘든 이유는, 행복이 인간의 고유성을 반영한 내면적인 가치이기 때문이다. 행복은 사람이 가진 내적인 개념이다. 자신이 행복하다고 유창하게 말로 연설하는 사람치고 진정 행복한 사람은 드물다. 행복은 나 자신이라는 고유성에 의해 생성되어 내가 느끼는 것이지, 타인의 시선을 의식하고 남에 의해 평가받는 그런 종류의 가치가 아니다.

행복은 비가시적이다. 그러므로 내가 행복한지 아닌지는 다른 사람에게 인식되지 않는다. 남에게 행복하게 보이려는 사람은 그 행복의 기준을 다른 사람의 시선 위에 두어야 한다. 행복의 기준은 나에게 있으며 그 기준에 관한 판단도 역시 내게서 출발한다.

행복은 우선 나에게 충전된 후에 너에게로 흘러간다. 너는 내가 있음으로써 정의되는 존재이고 나 또한 너로 인해 그 의미가 부여되는 사람이다. 그러므로 우리가 행복해지려면 우선 나를 생각해서 내가 행복해야 하고, 그로 인해 너와 우리가 모두 행복해지는 것이다.

행복은 고요한 가운데서 찾아온다. 행복의 느낌, 향기, 소리는 모두 고요하다. 그러므로 행복은 내 마음이 고요해질 때 느끼고, 음미하며, 들을 수 있다. 고요한 가운데 나 자신을 성찰하면 내 안에 행복이 이미 들어 있음을 알게 된다.

이 책에는 고요한 마음으로 나를 성찰하여, 나 스스로가 행복했던 기록인 에세이 마흔 편이 실려 있다. 일상 중에서 나 자신을 차분한 마음으로 살펴본 단편들을 정리한 것이다. 아무쪼록 이 책을 읽는 독자들도 자신에 대해 생각하며 자기가 저절로 행복해지는 시간을 갖길 바란다.

이 책의 초고를 읽고 조언을 아끼지 않은 나의 아내 권현희에게 사랑과 감사의 마음을 전하고 싶다.

여상도

목차

1. 사람의 내면

조화와 균형

사람은 일을 하거나 생각을 한다. 일은 육체적인 움직임이고 생각은 지적인 활동이다. 사람은 몸을 쓰거나 사고를 하는 존재이며, 이 두 가지를 행할 때 우리에게 필요한 것이 바로 조화와 균형이다.

취미로 스포츠나 예능을 배워 보면, 사람마다 차이가 있어 잘하는 사람과 못하는 사람의 구별이 생긴다. 우리는 이렇게 되는 이유가 사람마다 소질과 적성이 다르기 때문이라고 말한다. 만일 이것을 다르게 표현하면, 하나의 특정한 행위를 행할 때, 몸과 마음의 조화와 균형을 유지하는 능력이 사람마다 다르기 때문이라고 해야 한다. 전문적인 운동선수나 연예인들은, 어릴 때부터 신체를 그 활동에 맞게 조화와 균형이 있도록 훈련을 했기 때문에 남들보다 능숙할 수 있는 것이다.

동양의 경서로 읽히는 〈역경〉에서는 조화와 균형을 설명하기 위해 사람의 턱과 치아를 예로 들었다. 사람은 태어나면서부터 스스로 자신의 턱을 사용해 치아로 음식을 씹고 입의 모양을 바꾸어 소리를 낸다. 사람의 위턱과 아래턱이 조화롭고 절묘한 균형으로 움직여, 이로 인해 음식이 씹히고 말이 나오는 것이다. 이처럼 사람은 자신에게 필요한 조화가 무엇이고 균형이 어떤 것인지를 태어나면서부터 이미 알고 있으며, 이 두 가지는 억지로 만들어지는 것이 아니라 원래부터 사람 안에 들어 있는 것이다.

사람이 속해 있는 자연의 원리는 조화와 균형의 극치이다. 일출과 일몰 그리고 사계의 변화는 한 치의 어김도 없이 규칙적으로 일어나고, 지구상의 대기와 수분은 보이지는 않지만 완벽한 조화 속에 순환을 거듭하고 있다. 이런 환경에서 생겨난 인간은 그 자체가 또한 자연의 원리를 닮아 조화로운 정신과 균형 잡힌 육체를 원래부터 가지고 태어난다. 우리 몸속의 신체 부위들은 지금도 순조롭게 그 기능을 다 하고 있고, 내 머리 위의 하늘과 발밑의 토양은 완벽한 균형을 이루며 지금도 이 자리를 지키고 있지만, 사람의 마음속에는 늘 불균형과 부조화가 자리하고 있음을 우린 부인할 수가 없다.

태어날 때부터 가졌던 육체와 심성이 제자리에 있지 못하고 그 자리를 벗어날 때 사람은 병에 걸린다. 대학에서 가르치는 고전 의학의 교과과정에는 사람이 갖추어야 할 도덕과 윤리 그리고 개인의 심신을 수련하는 과목이 필수적으로 포함되어 있다. 이 과목에서는, 사람은 태어날 때부터 밝은 덕성을 가졌으며 학문의 목적은 이 덕성을 원래대로 밝고 빛나게 하는 것이라고 가르친다. 이 세상에 나온 아이가 가진 고유의 맑은 정신과 조화로운 육체를 있는 그대로 간직하게 하는 것이 최상의 의술이란 뜻이다.

하지만 이상하게도 사람들은 이 조화와 균형이 자신과는 멀리 떨어져 있어 도달하기 힘든 것으로 생각한다. 생명의 근본인 자연과 그 자연으로부터 잉태된 인간이란 존재가 조화와 균형 그 자체임에도 불구하고, 우리 스스로는 그렇게 생각하지 않는다는 것이다. 사람이 모여 사는 인간사회와 본인의 개인적 세계를 통해 볼 때, 그것이 항상 조화와 균형 속에서 이루어지고 있다고 생각하는 사람이 과연 얼마나 있을까.

우리는 어릴 때부터 내가 가진 육체와 정신의 조화로움을 살펴보지 못했다. 나를 살펴보기 전에 남을 이기는 방법부터 배웠고 오직 사람 간의 관계와 사회성을 키우는 데만 열중했다. 나의 것을 바라보지 못했기 때문에 내가 받은 그대로를 간직할 수 없었고, 결국은 신체와 마음이 본래의 자리를 지키지 못해 조화와 균형에서 이탈하기 일쑤였다.

자신을 살펴보는 일이 자기성찰이다. 자기성찰은 나의 마음뿐만 아니라 내 신체의 모든 부분을 둘러보고 인지하는 일이다. 마음을 살펴본다는 것은 나의 본심이 무엇인지를 안다는 말과 같다. 자신의 진심을 알게 되면 그에 따라 나에 대한 믿음이 생기고, 이는 결국 자존감의 원천이 되어 자신을 스스로 조화롭게 만든다. 신체를 둘러본다는 것은 나의 얼굴 모습뿐만 아니라 몸의 기능을 인지하고, 그에 따라 신체를 바르게 사용하여 몸의 균형을 유지하는 것을 말한다. 자기성찰이란 부모로부터 받은 자신의 육체와 정신이 원래부터 얼마나 조화롭고 균형 잡힌 실체인가를 깨닫는 일이다.

올바른 자기성찰을 위해서는 고요한 마음이 필요하다. 고요한 마음은 내 안에 아무것도 없는 상태가 아니라, 서로 반대되는 마음들이 균형을 이루고 있는 상태를 말한다. 국가 간의 평화가 힘의 균형으로부터 오는 원리와 같다. 내 안에 들어 있는 선한 마음과 악한 마음, 밝은 마음과 어두운 마음, 기쁜 마음과 슬픈 마음이 서로 치우치지 않고 균형을 이룰 때 나의 마음은 고요해질 수 있다. 사람이 고요한 마음을 가지고 생활 속에서 자기 자신을 성찰하면 몸과 마음의 조화가 저절로 일어나고, 결국은 나를 생각하면 내가 행복해진다.

기억이란

나에게는 잊지 못할 기억이 있다. 학교 다니던 시절에 같은 반 친구 한 명을 미워했던 기억이다. 나는 그 친구가 이유 없이 싫었지만, 내가 더욱 싫었던 것은 그 친구를 미워하는 내 마음이었다. 그래서 나는 그 친구를 좋아해 보려고 노력했고, 그리고선 시간이 지나니 정말이지 그렇게 되었다.

세상을 살면서 외면할 수 없는 것으로는 가족, 친척, 같은 반 친구 등이 있다. 내가 좋든 싫든 마주치며 살아야 하고, 내 편이기는 하지만 한 번씩 멀리 있고 싶어질 때도 있다. 이처럼, 내 것이면서도 마음대로 되지 않고, 간직하고 싶을 때도 있고 그렇지 않을 때도 있는 것이 세상에는 더러 있다. 그중의 하나가 사람의 기억이다.

사람의 기억에는 호불호가 있다. 내가 지금껏 체험했던 일들은 모두 나의 기억으로 저장되고, 세월이 가면서 그 각각의 기억들은 점점 좋은 기억과 싫은 기억으로 분류되어 간다. 사람의 기억에는 한 번씩 떠오르면 흐뭇해지는 것들이 있고, 저장공간에서 삭제하고 싶어지는 것들도 있다. 우리 머릿속에서 갖가지 기억이 떠오를 때면, 싫었던 기억이 좋았던 기억보다 더욱 강렬한 느낌을 준다.

　사람의 기억은 지금까지 살면서 겪었던 모든 일의 시제를 과거에서 현재로 바꾸어 놓는다. 어제의 일이든 수십 년 전의 일이든, 그 모든 일들은 지금 현재의 생각 속에서 재생되며, 따라서 기억을 떠올린다는 것은 과거에 벌어졌던 사건 사이의 시차를 평면 위에 둔다는 것과 같다. 사람은 기억을 통해 과거의 나를 불러내고, 그렇게 함으로써 과거는 현재의 내 앞에서 재현된다. 사람이 죽은 후에 부활하면 새 생명을 얻는다고 했듯이, 사람의 과거도 기억을 통해 부활하여 내게 새롭게 다가온다.

　인생을 회고하는 사람들은 자서전을 쓴다. 돌이켜 본 지난날을 활자화시키는 일이다. 사람들은 이 일을 하면서, 사실은 자신을 치유하는 과정을 밟는다. 글을 쓰면서 기억을 통해 과거를 되살리고, 그렇게 재생된 과거를 현재의 시점에서 재단장시키면, 옛날의 상처들은 오히려 지금의 장식품으로 변화된다. 지나온 자취를 기억해 가다 보면 자기도 모르게 과거를 미화하고, 지난 일을 모두 아름답다고 느끼게 된다.

　나의 의지와는 상관없이 떠오르는 상념들이 옛날의 싫었던 기억을 자꾸 불러오는 이유도, 그것을 치유하고 싶은 바람이 있기 때문이다. 사람들은 자기 몸의 아픈 곳을 남에게 알리듯이, 기억 속에 있는 부끄러움도 자신을 향해 자꾸 들추어낸다. 병은 자랑해야 잘 낫고, 아팠던 과거도 드러내야 만회할 수 있다고 기대하는 것이다. 사람이 죄를 지으면 신에게 고백하는 것처럼, 기억을 되살린다는 것은 지난 일을 나 자신에게 고백하는 것과 같고, 그렇게 함으로써 숨기고 싶은 과거를 치유하게 된다.

기억은 연상을 낳는다. 사람의 이어지는 생각인 연상은 시공간을 넘나들어 그 행보가 닿지 않은 곳이 없다. 바둑을 둘 때 앞의 돌에 이어 포석을 하듯이, 사람의 기억도 앞선 생각에 이어진 형태로 일어난다. 연상의 행보는 우선 목적지 없이 시작되지만, 거의 어김없이 한 장소로 수렴해 거기서 벗어나지 않고 발걸음을 멈춘다. 그 장소를 가리키는 화살표에는 작은 안내 표식이 적혀있다. 욕망과 사랑.

사람의 기억은 살아 있는 역사 실록이다. 한 나라의 역사가 현재의 사관에 따라 달리 해석되듯이, 한 사람의 실록도 그 사람이 현재 어떤 길을 밟고 가느냐에 따라 새로 재편된다. 내가 쏟아낸 말과 행동들은, 나중에 생각하면 다시 주워 담고 싶어질 때가 있고, 사람들은 이렇게 쌓여 가기만 하는 과거의 기억을 다시 한번 고쳐 쓰고 싶어 한다. 외면하기 힘든 같은 반 친구를 좋아하려고 마음을 고쳐먹듯이, 사람들은 피할 수 없는 자신의 지난 행적을 끊임없이 손보고, 다듬고, 장식하려 한다.

　기억 속에 있는 나는 현재의 나와 다르지 않다. 기억 속의 일이 벌어졌던 현장에는 다른 누구도 아닌 내가 있었다. 우린 때때로, 그때의 나와 지금의 내가 마치 다른 사람인 양 여기고 싶지만, 그 사람은 다른 곳으로 가지 않고 지금 바로 여기에 있다. 과거에 겪었던 일들은 모두 내 일생이란 캔버스 위에 어김없이 그려져 있고, 그 작품을 그리는 작업은 지금도 계속 진행되고 있다. 화폭 위에 이미 그려졌던 부분은 고칠 수 없어도, 그 부분이 전체 작품에 주는 느낌은, 내가 지금 어떤 그림을 추가하느냐에 따라 달라진다. 사람은 과거를 기억하고, 그 기억은 현재와 연동하며, 그런 현재는 과거를 재구성한다.

　기억은 사람과 그 수명을 함께한다. 사람들은 언젠가는 자신이 소유했던 재물과는 이별하지만, 자신의 기억과는 이별하지 않는다. 한 사람의 일생이 고스란히 새겨진 사람의 기억은, 그 사람과 생사를 같이하는 이 세상의 유일한 것이다. 사람은 이세상을 떠나는 마지막 날에 자신의 기억과 동행하게 되고, 그러므로 사람은 일생의 끝까지 혼자가 아니며 절대 외롭지 않다.

선하다는 것과 악하다는 것

어린 시절 보았던 한 편의 영화에 대한 기억이 아직도 생생하다. 생전에 죄를 많이 지은 사람이 죽은 뒤 지옥으로 떨어져, 그곳의 끓는 물 속에서 영원히 고통받는다는 내용이었다. 어린 소년은 그 영화를 보고서 나중에 혹시 내가 그렇게 되면 어떡하나하고 걱정을 많이 했었다. 이처럼 사람은 누구나 미래를 예측하고 싶어 한다. 다가오는 미래에 어떤 일이 벌어질지를 미리 알고 싶은 것은 사람이 가진 기본욕구이다. 사람들이 가장 싫어하는 것은 미래에 대한 불확실성이며, 그중에 가장 큰 것은 내가죽은 후에 어떻게 될까 하는 것이다. 사람들은 이 불확실성을해소하기 위해 천국과 지옥이라는 구체적인 물리적 장소를 만들었고, 그곳에 들어가기 위해 갖추어야 할 자격조건을 설정하였다. 그 자격조건이란 바로 선하다는 것과 악하다는 것이다.

선악의 개념은 에덴동산의 아담과 이브로부터 만들어졌다. 그들은 뱀의 꾐에 빠져 선악과를 따먹은 후 선과 악을 구별할 수 있게 되었고, 그 결과 에덴동산에서 추방당하였다. 아담과 이브가 인간에게 선만 있는 것이 아니라 악도 있다는 것을 깨달았다는 사실은, 선과 악은 서로 반대되는 것이라기보다, 이 세상에 공생하는 개념이라는 것을 뜻한다.

천국과 지옥 그리고 선과 악에 관해 얘기하는 사람들은 그것들이 이 세상으로부터 먼 곳에 있는 것처럼 묘사한다. 천국은 하늘 위에 있고 지옥은 땅 밑에 있으며, 천국에는 성인이 살고 지옥에는 악인이 산다고 말한다. 또한, 성인은 우리가 숭배해야 하는 존재이고 악인은 경멸해야 하는 대상이라고 얘기한다. 그리고 이 세상은 성인으로 인해 행복해지고 악인 때문에 불행해진다고 말한다.

하지만, 나는 솔직히 가끔은 그 성인들 때문에 주눅이 들고 또 악인들 때문에 기분이 우쭐해진다. 완벽히 선하기만 한 성인들의 존재로 인해 그렇지 않은 대부분의 사람은 선하지 않은 사람이 되고, 나쁜 것으로만 물들어 있는 악인들이 있음으로써 그렇지 않은 이들은 조금은 선한 사람이 되기 때문이다. 성인도 아니고 악인도 아닌 나 자신은 성인 때문에 악한 사람이 되고 악인 덕분에 선한 사람이 되기도 한다. 아, 과연 나에게 진정 필요한 사람은 천국에 사는 성인일까 아니면 지옥에 사는 악인일까.

이 세상의 모든 가치는 상대적인 기준에 의해 결정된다. 부와 가난, 행복과 불행은 모두 상대적인 가치이다. 그래서 사람들은 선함이나 악함도 다른 사람과의 관계로부터 결정되는 상대적인 가치라고 생각한다. 내가 남에게 선한 일을 했더라도 그보다 더욱 빛난 일을 한 사람이 있으면 나의 선행은 가려지기 쉽고, 내가 남에게 잘못한 일이 있더라도 누가 그보다 더한 악행을 저질렀다면 나의 잘못은 잊히기 쉽다. 나의 선행과 악행의 가치가 타인에 의해 결정된다는 말이다. 이처럼 선과 악의 구분이 인간관계에 의해 상대적으로 결정된다는 것은, 일생을 사는 동안 내가 누구를 만나느냐에 따라 죽은 후에 나의 천국행과 지옥행이 결정된다는 말인데, 이게 과연 합리적인 일일까.

나는 선과 악은 사람들의 관계 속에서 상대적으로 결정되는 것이 아니라고 생각한다. 선과 악은 내가 다른 사람에게 좋은 일을 했을 때와 나쁜 일을 했을 때를 구분 짓기 위해 사용하지 않는다는 말이다. 선한 사람은 남에게 칭찬을 받고 악한 사람은 미움을 받는다는 말은, 나에 대한 선악의 가치를 나 아닌 다른 사람이 판단해 준다는 말과 같은데, 그것은 그렇지 않다. 선악의 기준은 다른 사람에 의해 결정되는 것이 아니다.

사람이 선하다는 것은 다름 아닌 자기에게 주어진 근원적인 편안함에 스스로 머물러 있음을 뜻한다. 사람이 선하거나 악하다는 것은 다른 사람과는 상관이 없다. 자기 자신이 스스로 편안할 수 있는 사람이 선한 사람이고, 자신이 스스로 편안하지 못한 사람이 바로 악한 사람이다. 선한 사람은 내부적으로 평안하고, 악한 사람은 내부적으로 불안하다. 사람이 자라면서 배우고 익히는 목적은 이 원리를 깨우쳐 자신의 부족함을 없애고 심신을 화평히 해 최상의 선함에 도달하기 위함이다. 선한 사람은 매 순간 마주하는 자신에게 안식을 주는 사람이며, 이런 안식은 고요함 가운데 나를 우대하여 자신을 너그럽게 함으로써 얻어진다.

남들에게 인정받는 것이 최선이라고 생각하는 사람은 내가 선에 머무는 것을 격리나 외로움으로 받아들인다. 외부로부터의 자극에만 반응하기 때문에 내부의 평온함을 생소하게 느끼는 것이다. 선과 악의 기준을 타인과의 관계에서만 찾는 사람은 나의 공간에서 나와 함께 머무는 즐거움은 맛보지 못한다. 어두움이란 빛이 없는 상태를 말하듯이 악은 선이 결핍된 상태를 말한다. 사람이 악하다는 것은 본인 스스로가 지극히 편안함에 머물지 못함을 뜻한다. 악한 사람이 남에게 죄를 짓는 이유도 혼자만의 편안함에 들지 못하기 때문이다. 자신에게 열등감이나 자책감을 불러일으키는 것은 가장 큰 악행을 저지르는 일이다.

사람이 세상에 태어난 이유는 스스로 참된 선에 머물러 있기 위함이다. 사람이 그렇게 함으로써 세상은 선함으로 메꾸어지고 악은 사라지게 된다. 악한 사람은 현재가 지옥이고, 선한 사람은 현재가 천국이다.

감각, 느낌, 생각 그리고 말

운전 중에 접촉사고가 난 적이 있다. 순식간에 일어난 일이라 상대방 운전자와 시시비비를 따져 봐도 서로 간에 언성만 높아졌다. 보험회사 직원이 곧 도착했고, 나와 상대방은 서로 본인에게는 잘못이 없다고 주장했다. 하지만 그 직원은 두 사람의 말은 들어 보려고 하지도 않고 이렇게 말했다. '차 안에 달린 블랙박스 화면을 본 후에 얘기하시지요. 화면의 영상은 정직한 것이니까요.'

정직한 것 중에는 사람의 표정도 포함된다. 사람이 말을 할 때 그 말이 진실인지 거짓인지는 얼굴에 다 나타나고, 감정의 기복에 따른 심경의 변화는 말보다는 이미 얼굴에 다 쓰인다. 사람의 말은 자신을 표현하는 일부의 작은 수단에 불과하다.

사람이 가진 시각, 미각, 촉각 등은 그 자체로 전혀 거짓이 없으며 주어진 그대로 나타나는 선천적 감각들이다. 추위나 더위와 같은 감각에 반응하는 인체의 변화는 숨길 수가 없고, 그에 따라 취해지는 사람의 행동은 인위적으로 포장되지 못한다. 사람의 기초적 감각은 더는 치장될 수 없는 진솔한 것들이다. 이러한 '감각'은 사람의 내부를 거치며 사람의 '느낌'으로 변화한다. 예술가들은 어두운 밤하늘을 보고 밝은 느낌을 받기도 하고, 아름다운 새의 노랫소리를 듣고 슬픔을 느끼기도 한다. 사람의 느낌은 주관에 따라 가공될 때가 있고, 따라서 느낌은 사람이 가진 기초 감각보다는 좀 더 인위성이 강하다.

역사 속에서 일어나는 시대적 사건이나 불후의 예술품이 태어난 배경에는 어김없이 사람의 느낌이 있었다. 사람 간에 이루어지는 공감은 서로 대화를 나눌 때보다는 오히려 말없이 서로 같은 느낌을 받을 때 더 잘 형성된다. 진정, 사람의 느낌은 인류 역사와 문화창조의 원동력이 되었다. 이러한 느낌은 사람의 '생각'을 탄생시킨다. 사람은 생각하는 동물이지만, 그 생각이 있기 전에 이미 감각과 느낌이라는 두 부모가 있었다. 사람의 생각은 처음에는 천진스럽게 태어나지만, 성장하는 과정을 거치며 그 모습은 아름답게 되기도 하고 추하게 되기도 한다. 감각과 느낌으로부터 물려받은 유전자에는 아무런 허물이 없을지라도, 그것이 어떻게 커 가느냐에 따라 사람의 생각은 천당과 지옥 사이를 오고 간다. 생각은 정말이지 제멋대로 못 가는 곳이 없다.

생각의 변덕스러움은 사람이 하는 '말'을 통해 밖으로 드러난다. 사람의 말은 자신을 나타내는 최종적인 방법이지만 가장 정직해지기 힘든 수단이기도 하다. 신중하지 않게 한번 나와 버린 말 때문에 사람이 가졌던 감각, 느낌, 생각은 순식간에 돌이킬 수 없는 상태로 오염될 수 있다. 사람이 어떤 상황이나 장소에서 제아무리 감동적인 체험을 했다고 하더라도, 그것이 말로 표현되는 순간 그 체험은 언어란 범주의 틀 안에 갇혀버린다. 말이란 사람 안에 들어 있는 내적 세계가 외부로 드러날 때 사용되는 수단이지만, 그 하부에 잠겨 있는 감각과 느낌의 실체는 결코 말로 표현되지 않는다.

사람이 하는 말은 그 사람의 의복과 같다. 내가 입은 옷은 남에게 보이는 목적을 가지기 전에, 자신의 정체성을 확인해 주는 역할을 한다. 옷은 종이 한 장의 두께로 재단되지만, 옷의 겉모양은 입은 사람의 내면을 지배한다. 내가 하는 말도 나의 뜻을 남에게 전달하는 기능을 하기 전에, 내 자아에 대한 차별성을 심어 주는 데 중요한 역할을 한다. 사람은 남의 말을 듣는 것 보다 자신의 말을 하고 난 후에, 자신에 대해 더 많이 생각한다.

잘못된 말에 가장 상처를 받는 사람은 그 말을 들은 사람이 아니라 그 말을 뱉어낸 본인이다. 사람이 하는 말은 세 치 혀에서 나오지만, 그 말의 수준은 자신의 명예를 향해 돌을 던지기도 하고 훈장을 달아 주기도 한다.

　사람은 차 안에 달린 블랙박스와는 비교되지 않은 월등한 감각기관을 갖추고 있다. 온몸을 감싸고 있는 엷은 피부로부터 눈에 보이지 않은 육감까지, 그 어떤 기계보다 우수한 감각기관으로 체내에 녹화된 감각과 느낌의 영상에는 거짓이 있을 수 없다. 오히려 사람의 무분별한 생각과 정제되지 않은 말 때문에 그 영상이 퇴색된다.

　사람의 말은 감각, 느낌, 생각이라는 정갈한 여과 과정을 거쳐 조심스럽게 세상에 나와야 한다. 사람은 자신에 대한 최후의 표현인 말을 떠나보내기 전에, 본인이 입는 옷처럼 말의 외연을 깨끗이 손질하고 어여쁘게 다듬어야 한다. 사람 내면에 담긴 진솔한 영상이 '말'이라는 정직한 옷을 입고 나오는 모습이 사람의 진정한 아름다움이다.

나에게로의 여행

여행은 누구에게나 관심의 대상이 된다. 오랜만에 친구를 만나면 여행에 관한 애기가 흥미로운 주제가 되고, 어떤 새로운 장소에 갔었다는 사실을 자랑삼아 말하곤 한다. 사람들은 저마다 새로운 여행지를 찾는 일을 일상의 큰 즐거움으로 여긴다.

나는 개인적으로 먼 곳으로 가는 큰 여행보다는 예전에 가 본 가까운 곳에 다시 가는 작은 여행을 선호하는 편이다. 내가 지나다녔던 길거리와 들렀던 가게들에는 옛 시간이 변치 않게 보존되어 있어, 옛날에 갔었던 곳으로 작은 여행을 떠난다는 것은 다시 과거로 돌아간다는 것을 뜻한다. 나는 이 세상의 낯선 곳에 방문하는 것을 싫어하지는 않지만, 내가 거쳐 왔던 시간 속으로 한 번 더 여행할 때도 적잖은 행복감을 느낀다.

내가 현재 경험하는 모든 일은 시간이 지나면서 과거로 변해 사람의 내면에 쌓인다. 우리는 나에게로의 여행이라는 작은 여행을 통해 내 안에 들어 있는 과거의 시간으로 돌아갈 수 있고,

그 시간의 연장인 현재의 내 모습도 살펴볼 수 있다. 나에게로의 여행지에는 사람의 과거와 현재가 모두 들어 있다.

여행이 주는 기쁨은 많지만 보통 여행을 떠나기 전에 하는 사전 준비를 큰 즐거움으로 여긴다. 여행지의 경로를 파악한 다음 항공, 기차 등의 교통편을 예약하고 여행길을 찾아볼 때 가장 설렘을 느낀다. 나에게로의 여행도 마찬가지다. 사람의 마음속으로 여행을 할 때도 그 경로를 알아야 하며, 모르는 길을 틀리지 않게 찾아가는 일이 절대적으로 중요하다. 내면의 여행을 할 때의 길 찾기는 낯선 외국에서 여행할 때 복잡한 길을 찾는 일보다 훨씬 난해하다. 열 길 물속은 알 수 있지만 한 길 사람의 속마음을 알아내는 일은 어렵고, 또 그 마음이 나의 마음일 때는 더욱 그렇다.

내면의 여행지는 깊은 우물과 같다. 사람은 우물에서 물은 계속 깃고 그 물은 안쪽에서 또 흘러 들어와 우물은 마르지 않는다. 이처럼 사람의 내면에도 마르지 않는 우물과 같이 많은 것들이 어디선가 계속 흘러든다. 우물은 비좁고 닫혀있는 공간처럼 보이지만 사실은 내부로부터 물이 계속 들어찬다. 사람의 내면도 마음속에 갇혀 있는 공간처럼 보이지만 사실은 무수한 것들이 끊임없이 생성되는 열려 있는 광장이다.

사람들은 자신이 머물러 있고 익숙하다고 생각하는 것들을 의외로 잘 모른다. 심지어, 태어난 후 죽을 때까지 자신의 몸속에서 움직이고 있는 기관들의 역할과 기능에 대해서도 거의 아는 바가 없다. 진실로, 우리는 내 신체의 성분과 생체조직에 대해서 알지 못하고, 또한 그 신체의 활동으로 인해 형성된 내면의 세계에 대해서는 너무도 무지하다.

사람들은 가까이에 있는 장소와 물건의 귀중함은 잘 모르면서 외부로부터 유입되는 것들만을 새롭다고 느낀다. 그리고 외부에서 입력된 것들에 일단 익숙해지고 나면 다시 자신이 비어 있다고 생각하게 되고, 또다시 새로운 무엇인가에 대한 갈증을 느낀다. 하지만 사람에게 진정 필요한 것은 밖에서 들어오는 것이 아니라 마르지 않은 우물처럼 내부에서 샘솟는 것들이다.

일상적인 곳을 떠나 멀리 있는 새로운 환경에 접하는 여행도 우리에겐 필요하다. 하지만 외부의 것들에 대한 과다한 노출은 사람의 내부에 깔린 정적인 세계를 감지하는 감각을 무디게 한다. 낯선 곳만을 찾아다니는 외부로의 여행은 내면으로의 여행을 체험하는 데 적잖게 방해가 된다.

나에게로의 여행을 한다는 것은 외부로부터 자신을 차단하고 혼자 골방에만 머무는 모습을 의미하지 않는다. 나에 대한 내면의 여행은 오히려 나와 타인과의 소통을 원활하게 한다. 우리는 다른 사람들과 대화를 나눌 때 내가 하고자 하는 말이 자신에게 진실한가에 대한 믿음이 없는 경우가 많다. 내면에서 들려오는 자신의 목소리를 들으면 다른 사람의 깊은 본심을 헤아릴 수 있게 되고, 이를 통해 이루어지는 상호 간의 소통은 사람들이 올바른 인간관계를 맺도록 하는 밑거름이 된다. 자신에 대한 믿음 없이 이루어진 인간관계는 개인의 내적 정체성만 고갈시킬 뿐이다.

내면의 여행지를 찾아가는 방법은 사람마다 모두 다르다. 사람들의 지문과 동공의 구조가 서로 같지 않아 그것들이 생체인식의 도구로 사용되는 것과 같이, 사람들 내면에 있는 여행의 경로 또한 개인별로 모두 상이하다. 내 마음속에 있는 여행길은 이 세상에 유일하게 존재한다. 그러므로 내면으로의 여행은 동반자가 없는 혼자만의 여행이다. 어렵고 포기하고 싶을 때도 많은 고독의 여행이다. 하지만 평생을 바쳐도 못다 방문할 자신의 깊은 심연에 과연 무엇이 있는지를, 자기 내면의 일주 여행을 통해 한 번은 돌아봐야 하지 않을까 싶다.

단추 채우는 사람들

대학 다닐 때 수업을 들었던 한 노교수님이 생각난다. 강의 첫 시간에 들어와 강단에 서시더니, 아무 말씀 없이 대뜸 자기가 입은 겉옷의 단추를 모두 푸는 것이었다. 그리고는 그 단추를 일일이 다시 채우면서 비로소 첫마디를 떼셨다. '인생의 첫 단추를 끼우는 것이 얼마나 중요한지를 보여 주기 위해 이렇게 하는 거라고.' 사회생활을 막 시작하려는 청년 시절에 겪었던 참 인상적인 일이었다.

과거에는 대학에 한 번 입학하면 중도에 학과를 바꾸는 일이 거의 없었다. 졸업 후에는 처음 선택한 직장을 평생의 직장으로 여기는 것이 미덕이었다. 젊은이들이 이성 교제를 할 때면, 처음 한 번 준 마음을 거두지 않아 첫사랑이 끝까지 이루어지는 일이 많았다. 우리에겐 이처럼 첫 단추의 의미가 매우 중요했다.

아이러니하게도 지금은, 남녀불문하고 옷을 입을 때 맨 위의 첫 단추를 끼우고 입는 사람은 거의 없다. 첫 단추는 이제 채우는 것이 아니라 디자인의 일부이며, 어떤 옷은 단추 채우는 방법에 따라 옷의 기능이 달라지기도 한다. 이는 교육과 인생 설계에서도 드러난다. 대학에서는 전공학과를 미리 정하지 않고 입학시키기도 하고, 고교에서는 문과와 이과의 구분을 겉으로나마 없앴다고 한다. 평생 한 직장에만 다니는 것이 이젠 큰 자랑거리가 아니며, 심지어는 '한 번 다녀왔습니다.'라는 말을 별부끄러움 없이 한다. 인생의 첫 단추가 중요하다는 것이 이젠 왠지 빛바랜 말처럼 들린다.

대학에 입학할 때 선택한 전공이 인생의 첫 단추가 될 수는 있다. 대학의 전공학과는 한 사람의 이력서 맨 첫 줄에 들어가기도 한다. 당신의 원래 전공이 무엇이냐고 묻는다면 보통 대학 다닐 때 선택한 학과의 명칭을 댈 것이다. 사람들은 신입생일 때의 교양과정을 제외하고, 불과 이삼 년 동안 배운 내용을 자신의 전공으로 간주해 버린다. 인간의 평생 수명과 비교하면 극히 짧은 그 몇 년의 테두리 안에 자신을 가두어 버리는 것이다.

사람은 선택하는 동물이다. 사람은 일평생 자기 앞에 놓인 많은 길 중에 어느 하나를 선택한다. 그 선택할 수 있는 특권은 축복이 될 수도 있고 사람을 방황하게 만들기도 한다. 선택할 수 있는 특권은 만족과 함께 회한도 동시에 가져다주고, 자신이 선택한 것보다는 포기한 것에 대한 미련을 더 많이 주기도 한다. 우리가 현재 걷고 있는 이 길은, 선택할 수 있는 수많은 다른 길을 포기하고 얻어진 결과이다.

강물은 자신이 흐르는 물길을 선택하지 않는다. 물이 가는 길은 지표의 높낮이에 따라 흐름의 방향이 저절로 정해지며, 물은 낮은 곳으로 흐르는 자신의 속성을 절대로 거스르지 않는다. 강물에는, 길을 선택할 수 있는 특권도, 포기해야 하는 선택권도, 그에 동반되는 회한도 없다. 그렇게 아래쪽으로만 흘러 바다에 도달한 강물은 그 안에 어떤 여한도 품지 않는다. 아래로 내려가는 것이 물의 속성이라면, 위로만 올라가려는 것은 인간의 속성이다. 물은 지형을 따라서 흐르지만, 사람은 지형을 거슬러 오르려고 한다. 물은 환경의 변화에 순응하지만, 사람은 그것에 앞질러 나가려고 한다. 물은 평지를 만나면 가만히 고여 있을 줄 알지만, 사람은 멈추는 방법을 몰라 계속 달리기만 한다. 사람은 첫 단추를 끼운 후 그다음 단추를 무턱대고 끼우기 때문에, 맨 마지막에 도달해서야 비로소 첫 단추가 잘못 끼워졌는지를 알게 된다.

우리 안에는 채워지기를 기다리는 여러 방향의 단추들이 잠재되어 있다. 하지만 사람들은 후퇴감을 두려워한 나머지, 한 번 끼운 단추를 풀지 못하고 계속 올려 채우려고만 한다. 채우는 방향을 확신하지 못하므로 마지막 단추에 가서야, 강의 첫 시간의 그 교수님처럼 단추를 모두 풀고 싶어지는 것이다.

사람의 일생 중에 내리는 선택이 최고의 선택인지, 그렇지 않은지는, 그 선택을 내리는 순간에 결정되는 것이 아니다. 내가 선택한 길이 제일 나은 선택이었는가는, 그 길을 모두 걷고 난 후에야 알 수 있다. 인생을 시작하기도 전에 최상의 첫 단추를 채울 수 있는 사람은 이 세상에 없다. 어떤 종류의 길을 선택했느냐가 중요한 것이 아니라, 이미 선택한 길에 대해 얼마나 많은 몰입을 쏟고 얼마만큼의 만족과 보람을 얻느냐가 첫 단추의 성패를 좌우한다. 인생의 성패는 첫 단추를 채우는 순간에 결정되는 것이 아니라, 인생을 사는 모든 과정이 합쳐진 후에야 결정된다. 인생의 첫 단추란 맨 먼저 채워지는 것이 아니라, 맨 마지막에 채워지는 단추라고 해야 마땅하다.

하늘에서 내리는 빗방울은 산 위의 모든 지표면에 골고루 내린다. 하지만, 이렇게 다른 곳에서 출발한 빗방울들은 지면을 따라 흘러 결국은 하나의 바다로 모인다. 사람들은 자기 앞에 놓인 수많은 길들 중에 어느 한 길을 택하지만, 그들은 인생의 지표면을 따라 흘러 결국은 종국이라는 하나의 지점에서 만난다. 인생이란 옷을 입을 때 처음에는 저마다 다른 첫 단추를 채우지만, 결국은 누구에게나 똑같은 마지막 단추가 채워진다는 말이다. 강물이 흐르는 길은 가장 편안한 길이다. 낮은 쪽으로만 가는 최적의 길이다. 이처럼 사람도 강물과 같이 최적의 길을 밟고 간다. 그건 바로 내가 이미 선택한 길을 말한다. 나는 여태껏 그 길들을 '선택'해 왔고 따라서 이 길들이 내겐 최적의 길인 것이다. 현재 나의 모습은 내가 선택한 모습이고 내가 손수 받아들인 모든 것들이 쌓인 결과이다. 사람들은 그 결과를 숙명이라고 부르고, 우리는 오늘도 이 숙명을 따라가고 있다.

깃털 같은 마음

어린 새의 안쪽 날개에 있는 깃털은 솜털보다 더 가볍다. 가만히 있어도 공중에 떠다니고 땅에도 좀처럼 떨어지지 않는다. 미세하게 바람이 불면 깃털은 그보다 더 많이 움직이고, 바람이 멈추면 오히려 그보다 더 늦게 멈춘다. 자기를 감싸고 있는 공기에 이처럼 민감하게 반응하는 것이 또 있을까 싶다.

깃털은 한곳에 머물지 않고 여기저기를 떠돈다. 일정치 않은 기체의 미동에 따라 높은 곳으로부터 낮은 곳까지 닿지 않은 곳이 없다. 깃털은 한곳에 앉아 있다가 다시 날아가고, 그곳에 앉았다가 또 다른 데로 날아간다. 깃털은 아마도 종잡을 수 없이 움직이기만 하는 자신을 잡아 주는 누군가를 기다리는지도 모른다.

사람의 마음은 깃털과 같다. 종잡을 수 없는 사람의 마음은 가만히 있어도 온갖 곳을 떠다니고 내 안에 좀처럼 정착하지 않는다. 무엇이든지 보이거나 들리면 그보다 더 많이 움직이고,

그것이 멈추면 오히려 더 늦게 멈춘다. 자신을 둘러싸고 있는 환경에 이처럼 민감하게 반응하는 것이 또 있을까 싶다. 사람의 마음은 진정, 힘없이 떠돌기만 하는 자기를 꼭 붙들어 주는 누군가를 기다리고 있는 것이 틀림없다.

세상의 모든 일은 사람의 마음이 있는 곳으로 향한다. 사람은 똑같은 일을 당하더라도 본인의 마음먹기에 따라 행복해하기도 하고 불행해지기도 한다. 신체 일부를 잃더라도 그것을 행복으로 받아들이는 사람이 있는가 하면, 고난과 역경을 오히려 감사하게 생각하는 사람도 있다. 사람 마음의 행로는 정말이지 불가사의하고 예측하기가 어렵다.

사람들은 자신의 마음을 오롯이 소유하고 있다고 여기지만, 사실은 그 마음이 깃털보다 더 심하게 움직인다는 것을 알게 된다. 그러나 사람들은 자신의 마음이 깃털 같다는 사실을 숨기고 싶어 한다. 자기의 마음은 무겁다고 믿고 싶어 하고, 어떤 일이 벌어져 마음이 가벼이 흔들리는 것을 남들이 알까 봐 두려워한다. 사람의 마음속에 자리 잡은 굳건한 바위는 방금까지 있었던 것 같지만, 눈을 한번 감았다 뜨면 이내 사라져 버린다. 사람의 마음은 매우 짧은 시간 안에 바위와 깃털 사이를 오고 간다.

이렇게 변화무쌍한 사람의 마음에는 아픈 곳이 많다. 그래서 사람들은 그 마음을 가만히 붙들어 어루만지고 감싸 안으려고 한다. 때로는 친근하고 때로는 낯설게 느껴지지만, 내 마음이 내 편에 서 있는지 궁금해하며 조심스레 살핀다.

사람들은 만일 그런 내 마음에 대해 누군가 입을 대면, 유쾌해지기보다는 기분이 언짢아진다. 마음에는 아픈 곳이 많기 때문이다. 사람들은 그런 마음을 몰래 숨겨 놓고 아픈 곳을 치유하려고 자신의 마음에 집중한다. 때로는 깃털처럼 떠다니는 마음을 내 앞에 앉혀 놓고 허심탄회하게 서로 묻고 대답하고 싶지만, 야속하게도 그 마음은 내가 건네는 말을 잘 귀담아 듣지 않는다. 그 마음으로부터 내가 원하는 대답을 들으려면 도대체 얼마나 오랫동안 기다려야 하는지 모른다.

그런 마음으로부터 낮은 소리로나마 살짝 대답을 들을 때, 우리는 그것을 깨달음이라 부른다. 사람들은 보통 자신에게 묻고 대답하는 시간을 가지지만, 깃털 같은 내 마음은 좀처럼 시원한 대답을 들려주지 않는다. 내 마음은 절대 나의 물음에 즉시 대답해 주지 않고, 그 답을 듣기 위해 나를 오랜 시간 기다리게 한다. 더구나 그 깨달음의 대답은 기다리는 동안에는 오지 않고, 그 어느 날 어느 순간에 불현듯이 찾아온다.

사람들은 살아가면서 우연한 기회에 깨달음의 대답을 듣는다. 하지만, 그 깨달음도 순간적으로 왔다가 또다시 어디론가 사라져 버린다. 사람들에게는 수시로 삶에 대한 지혜가 떠오르지만, 그 지혜는 곧 일상생활에 묻혀 또 쉽게 잊히고 만다. 깃털처럼 날리는 마음에 실려, 모르는 곳으로 떠나 버리고는 또다시 나타나기를 반복한다. 그것을 놓치기 싫어하는 사람들은 그 지혜를 종이 위에 써 놓고 매일 읽기를 반복한다.

이 넓은 세상에 깃털이 가지 못하는 곳은 없다. 하지만 깃털은 결국 자기가 제일 좋아하는 곳에 자리를 잡는다. 사람의 마음도 그렇다. 사람의 마음도 온 천지에 가지 못할 곳이 없지만, 결국은 자기가 머물기에 가장 편안한 곳에 안착하게 된다. 자기의 질문에 지혜의 대답을 해 주고, 삶의 깨달음을 안겨 줄 세상에서 가장 아늑한 곳으로 말이다. 나에게 있어서 그곳은 바로 내 아내의 품이다.

순수와 비순수

대학에 '혼합물 이론'이라는 과목이 있다. 순수한 물질이 다른 물질과 혼합하면, 그 혼합물은 순수한 물질이 가진 단순 이론으로는 설명되지 않는다는 것이 그 내용이다. 사람들은 순수한 것을 원하지만, 세상 대부분의 물질은 혼합물로 이루어져 있다는 사실이 이 과목이 개설된 동기이다.

우리는 환경을 이루는 공기, 물, 토양이 모두 순수한 상태에 있기를 바란다. 하지만, 인간의 생활로 인해 이런 환경에는 불필요한 물질들이 혼합되고, 그에 따라 자연은 순수한 상태에서 비순수한 상태로 변화한다. 사람이 산다는 것은 세상에 있는 것들을 혼합하는 과정이며, 그에 따라 세상은 점점 더 복잡한 혼합물로 변해 간다.

이 세상에서 가장 복잡한 혼합물은 아마도 사람이 아닐까 싶다. 사람이 가진 기질은 선함과 악함, 좋음과 나쁨, 사랑과 미움 등이 뒤섞인 대표적인 혼합물이며, 그 혼합물은 절대 어느 한 가지 순수한 감정만으로는 설명되지 않는다. 인간은 비순수한 존재의 전형적인 상징이며, 이 때문에 사람은 늘 자기 주변의 것들만큼은 순수한 상태에 있기를 바란다.

서로 다른 두 물질의 혼합물은 각 성분이 가지지 않은 제3의 특성을 나타낸다. 사람의 기질도 이와 같다. 사람이 가진 두 가지 순수한 감정이 혼합되면, 그 결과는 두 가지 단순 감정의 합이 아닌 제3의 감정으로 변한다. 선함과 악함이란 두 순수한 감정이 혼합되면, 선함도 아니고 악함도 아닌 제3의 감정이 되고, 사랑과 미움이 섞여 있을 때 그 마음은 어느 하나로는 설명되지 않은 미묘한 상태에 있게 된다.

사람들은 항상 순수한 나 자신을 찾고자 노력한다. 복잡하게 얽혀 있는 세상을 살더라도, 자신만큼은 순수성을 잃지 않고 세파에 휩쓸리지 않기를 바란다. 사람들은 자신의 마음은 순수한 것이라 믿고 싶어 하고, 그 순수성을 남들이 인정해 주기를 원한다. 사람들은 자신에 대해 생각할 때면, 항상 뚜렷하고 순수한 자신의 마음을 들여다보았으면 하고 바라는 것이다. 이 때문에 사람들은 예로부터, 인간은 선천적으로는 선한 존재라든가 혹은 원래부터는 악한 존재라고 말해왔다. 인간의 순수성을 강조하고 싶었던 것이다. 사람들은 순수함을 좋음과 동일시했고, 순수성을 훼손하는 일을 경계의 대상으로 삼았다. 하지만, 불행하게도 세상을 순수하게 유지하지 못하는 존재가 바로 사람이다. 사람은 외부로부터 무엇인가를 받아들였을 때, 그것을 자신의 내부에 있는 복잡다단한 감정들로 덧씌워, 더는 순수한 상태로 남겨두지 않는다. 그것이 사람이건 사물이건 간에 사람이 가진 혼합된 기질은, 자신에게 들어온 것을 순수하지 않게 치장하고 가공한다.

사람의 비순수성은 인간이 가진 것들을 자연이 가진 것들과 섞어 놓는다. 오염이라 불리는 이 현상은 사람으로부터 유발되지만, 그들은 오히려 오염을 막을 주체가 또한 인간이라고 말한다. 인간의 이 같은 이중성은 자연을 인간과 닮게 만들어, 세상을 점점 순수함으로부터 멀어지게 만든다. 자연이 인간을 닮아가면 그 자연은 인간을 해치게 된다.

순수라는 말은 우리에겐 왠지 아득하게 들린다. 도달할 수 있을 것 같지만 가까이 가면 또 멀어지고, 가지고 있다고 생각하지만 들여다보면 다시 사라지는 것이 순수이다. 순수함을 상상해 보면, 태초에 있었던 나의 배아가 떠오르고 손 타지 않은 새순 같은 어린 생명체가 그려진다. 진정, 사람이 살며 성장한다는 것은 순수가 비순수로 변해 가는 과정인 것이다.

사람은 순수함만으로는 설명되지 않는다. 복잡하기만 한 현실이라는 퍼즐에 순수함만이 들어맞는 조각은 없다. 사람은 정말이지, 착하기도 하고 나쁘기도 하고, 분주하기도 하고 외롭기도 하며, 즐겁기도 하고 불안하기도 하다. 사람의 마음속은 그야말로 엉켜 있는 실타래와 같으며, 이 실타래는 풀 수 있는 것이 아니라 엉켜 있는 상태로 남아 있을 뿐이다.

인간의 비순수함은 세상을 이끄는 원동력이다. 사람은 자신이 비순수할수록 더욱 순수함을 얻고자 노력하고, 이런 순수에 대한 갈망이 세상을 견인한다. 우리는 이것을 발전이라 부르며, 이 발전으로 인해 세상은 더욱 복잡다단해진다.

사람이 가진 순수와 비순수는 이처럼 반복되어 순환하고, 그로써 얻어지는 것이 바로 인간의 조화이다. 사람은 순수를 좋음으로 받아들이고 비순수를 나쁨으로 간주하지만, 이 두 가지는 사람에게 번갈아 일어나는 한 쌍의 짝이며, 복잡한 사람 마음속에 잠재된 이상과 현실의 조화를 이루게 한다. 순수와 비순수의 오묘한 조화를.

보이는 것과 보이지 않는 것

　호기심 많던 학창 시절에 쉽게 쓴 철학 입문서를 읽은 적이 있다. 책에서는 철학이 무엇인지를 설명하기 위해 방 안에 있는 책상의 존재를 언급하였다. 사람이 책상을 지금 보고 있으면 그 책상이 존재하는 것이 맞지만, 사람이 등을 돌려 책상이 보이지 않으면, 그 책상이 존재하고 있는지를 의심해 봐야 한다는 내용이었다.

　이것은, 사람이 사물을 인식하고 있으면 그 사물이 존재하는 것이지만, 사물이 사람의 인식 밖에 있으면 존재하지 않는 것이나 다름없다는 관념적 사고에 관한 설명이다. 또한, 사물의 존재 기준을 눈에 보이는 것과 보이지 않는 것으로 나누었다는 사실은, 존재하는 것은 보일 수 있어야 한다는 기대심리를 시사한 것이다.

　사람이면 누구나 눈에 보이지 않는 것은 믿기 어려워한다. 그래서 무엇인가를 믿고 싶을 때는 그것을 볼 수 있도록 형상화한다. 우리는 선조들의 모습을 초상화로 모셔 두고, 의지하고 싶은 위인의 동상을 세워 그들을 볼 수 있게 만든다. 사람들은 자기가 원하는 대로 동상의 얼굴을 제작하지만, 그 동상의 모습은 다시 그것을 만든 사람들의 마음을 움직인다. 사람들은 자신이 만든 동상 위에 자신의 마음을 얹어 놓는 것이다.

사람의 마음은 눈에 보이지 않는 공기와 같다. 공기는 자기가 갇힌 용기 전체를 모두 채우고, 그것이 어떤 모양이든 간에 자신의 모습을 용기의 모양과 일치시킨다. 눈에 보이지 않는 사람의 마음도 모양이 정해진 것이 없어, 어떤 형태의 그릇에 담길 때마다 그 모습도 그에 따라 연동되어 변화한다. 진정으로, 눈에 보이지 않는 사람의 마음은 눈에 보이는 것들의 지배를 받지만, 정작 눈에 보이는 모든 것들은 보이지 않는 사람의 마음으로부터 연유된다.

내가 매일 출퇴근하는 길옆의 화단에는 낙엽송 한 그루가 서 있다. 나는 십수 년 동안을 아침저녁으로 그 길을 오고 갔지만, 그 자리에 낙엽송이 있다는 사실을 알게 된 지는 불과 몇 달이 되지 않았다. 그 나무는 바로 옆에 있으면서도 그동안 내게 보이지 않았다. 더구나 한 해가 지나면서 나무가 입는 겉옷의 색깔이 연두색, 초록색, 갈색 등으로 변화한다는 사실을 그동안 알지 못하며 지냈다. 그 나무는 오랫동안 내겐 존재하지 않은 나무였다.

물이 맑은 호숫가에서 낚시를 한 적이 있다. 물이 너무 맑아 바닥에서 헤엄치는 물고기가 잘 보이는 곳이었다. 한번은 큰 물고기 한 마리가 낚싯대에 걸려 잡아채어 올렸는데, 그만 도중에 물고기를 떨구고 말았다. 나는 혼쭐이 난 물고기가 물속에 들어가자마자 멀리 달아날 줄 알고 물속을 계속 쳐다보았다. 그러나 물고기는 다른 데로 가지 않고 계속 그 근방을 맴돌며 먹이를 구하고 있었다. 물고기는 그렇게 큰일을 겪으면서도 자기가 머물던 곳에서 벗어나지 못했다.

사람의 시야도 물고기와 같지 않을까 싶다. 보통, 넓은 호수에 사는 물고기는 호수 전체를 자유롭게 헤엄치고 다닌다고 생각하지만, 사실은 일정한 테두리를 벗어나지 않게 움직여, 제한된 범위 안에서만 머문다. 사람의 시야도 마찬가지다. 사람들은 자신의 시선이 주변에 있는 모든 것을 볼 수 있을 것으로 생각하지만, 사실은 자신에게 보이는 것들의 범위 밖으로 쉽게 벗어나지 못한다.

언제나 변치 않고 한결같이 내 곁에 머물러 있는 것들은 오히려 내게 잘 보이지 않는다. 출퇴근길의 낙엽송처럼, 내가 추구하지 않아도 없어지지 않고, 내가 돌보지 않아도 날 떠나지 않을 것들은 우리에게 잘 보이지 않는다. 사람들은 자신이 완전히 차지하고 있는 것들 위에 눈길을 두기보다, 내가 살펴보지 않으면 내게서 멀어질 것 같은 것들 위에 관심을 둔다. 물고기가 머물던 곳에서 벗어나지 못하듯이, 사람의 시선도 한번 빼앗긴 곳으로부터 쉽게 벗어나지 못한다.

세상에는 사람의 시선을 빼앗는 것들이 넘쳐 난다. 크고 작은 디스플레이 화면상에 쉴 새 없이 나타나는 사진, 영상, 문자들은 우리의 시선을 빼앗아 눈을 뗄 수 없게 만든다. 사람들은 저마다 자신이 가진 것들을 화면상에 올리고, 그렇게 다른 사람들의 시선을 빼앗아 자신의 존재감을 확인하려고 하지만, 결국은 눈에 보이지 않는 것들은 보여 줄 수는 없다는 것을 잘 알고 있다. 우리는 가끔, 내가 가지고는 있지만, 눈에 보이지 않는 것들을 다른 사람에게 보여 주고 싶을 때가 있다.

눈을 감으면 오히려 보이는 것들이 있다. 세상은 너무 어두워도 잘 보이지 않지만, 너무 밝아도 눈이 부셔 주변이 잘 안 보인다. 사람들은 앞다투어 자신을 화려하게 장식하고 저마다의 광채를 뽐내며 살고 있기에, 우리는 그 밝은 빛들에 눈이 부셔 진정으로 보아야 할 것들을 보지 못할 때가 있다. 사람들이 그 빛을 자기 안으로 조금만 감추면, 보이는 것들에 가려 보이지 않았던 한 사람의 참된 모습이 내게 좀 더 선명히 보인다.

자아가 있는 곳

자아는 자기 자신을 강조해서 표현하는 말이다. 자아는 심리학에서 쓰는 전문 용어이며, 자신의 존재를 더 강하게 나타내고 싶을 때 보통 자아라고 표현한다. 나 자신을 뚜렷이 강조하거나 나의 주장을 확고히 나타내고자 할 때 자아라는 말을 쓴다.

이 책의 제목은 '나를 생각하면 내가 행복해'이다. 나는 이 책의 제목에서 '나'라는 단어를 쓰면서 그 안에 '자아'라는 뜻이 내포되어 있기를 의도했다. 나라는 존재를 더욱 강조하고 싶었다. 그렇게 뚜렷하게 존재하는 자아를 생각하면, 사람이 더욱 행복해지지 않을까 생각했다. 그리고는 또 생각했다. 그 자아는 과연 지금 어디에 있을까 하고.

나는 자아를 찾기 위해 나 자신을 파악하고, 명상을 하고, 반성과 성찰을 했다. 이렇게 하면 흔히 내 마음속에 나 이외의 다른 사람은 들어 있지 않고, 오직 나만이 홀로 존재할 수 있을 것으로 생각했다. 그렇게 혼자 있는 내가 진정한 나이고 뚜렷한 자아일 것으로 기대했다.

하지만, 나는 이런 과정을 거치며, 내가 극히 잘못 생각하고 있음을 깨달았다. 그 자아가 존재하는 곳은 나 자신이 아닌 다른 곳에 있다는 사실을 알게 된 것이다. 그곳은 다름 아닌 '너'였다. 종교를 가진 사람은 자아를 찾기 위해 절대자를 추구하고, 그 절대자가 나를 주관한다고 생각한다. 바로 절대자라는 '너' 안에 자아인 내가 있는 것이다.

나의 자아는 너 안에 존재한다. 네가 있기 때문에 내가 있을 수 있고, 자아라는 개념도 네가 있음으로써 가능해진다. 내가 세상에 태어난 것도 부모님인 '너'가 있음으로써 실현되었고, 그들의 손길이 있었기에 내가 이렇게 자랄 수 있었다. 나는 너한테서 왔고, 너에 의해 그 자아가 생겼다.

이 세상에 나는 한 명이지만, 너라는 존재는 무수히 많다. 나보다 네가 월등히 우세하고 그 영향력도 비교가 안 된다. 세상에는 나보다 영리하고 학식이 깊고 경험이 많은 사람이 많다. 내가 알고자 하는 것들을 이미 모두 알고 있는 너로부터 나는 생겨났고 배우며 자랐다. 나의 자아는 이렇게 형성되었고, 지금도 그 자아는 너 안에서 숨 쉬고 생활하고 있다.

나는 이 책을 쓰면서, 사람이 자아를 찾기 위해 내 안에 있는 너를 배제하고, 나만이 존재할 수 있다고 생각하는 것은 엄청난 잘못이라는 사실을 뼈저리게 느꼈다. 사람은 결코 홀로 존재할 수 없다. 내가 지금 물리적으로 한 독립된 공간에 혼자 있고, 주변에 아무도 없다고 해서, 그것이 나 혼자 있는 것이라 여기는 것은 매우 단편적인 생각이다. 사람은 혼자 있든 누구와 함께 있든, 인간이라는 집단에서 단 한 순간도 분리될 수가 없다. 몸은 혼자 있을지언정, 마음은 혼자이지 않다.

자아는 관계로부터 만들어진다. 나와 너의 관계 속에서. 사람의 선천적, 후천적 성격은 모두 신, 절대자, 부모, 친구, 지인들과의 관계로부터 만들어졌고, 이 모두는 네가 있음으로써 이루어진 것들이다. 사람들이 물건을 사서 쓸 때, 그것의 원재료가 무엇인지 모른 채 사용하는 것과 같이, 우리는 자기 안에 들어 있는 자아의 원재료가 어디서 왔는지를 잘 모르며 산다.

사람들은 선천적으로 자아에 목말라한다. 입양된 사람이 친부모를 찾기 위해 노력하는 것처럼, 사람들은 자아가 어디에 어떤 모습으로 존재하는지를 알고 싶어 한다. 바로 그 이유로 인해, 우리 사회에서는 사회관계망 서비스가 가장 발달한 문화로 자리 잡았다. 나의 자아가 너 안에 있기에, 사람들은 그 복잡한 관계망 속에서 자아를 찾고자 하는 것이다.

나의 자아가 너 안에 있듯이, 너의 자아는 또한 내 안에 있다. 내 안에는 내가 알고 있는 모든 사람의 자아가 들어 있다. 한 사람의 자아에는 그 사람이 나고 자라면서 만난 사람들이 가진 인생의 단편이 요약되어 있다. 누구나, 고요한 가운데 눈을 감으면, 마음속에는 내가 떠오르는 것이 아니라, 네가 먼저 떠오른다. 내 마음속에는 나보다는 네가 먼저 들어 있는 것이다. 이것이 바로 나의 자아이다.

나와 너는 육체적으로는 구분되어 있지만, 심리적으로는 그 경계가 나누어져 있지 않다. 우리가 어느 한 사람을 알게 된다는 것은, 그 사람의 자아가 나의 자아와 마음속에서 서로 섞인다는 것을 의미한다. 내 마음속에서는 네가 있고, 네 마음속에는 내가 있다. 나의 자아가 있는 곳은 너이고, 너의 자아가 있는 곳은 나이다.

2. 사랑하는 마음

아내를 사랑하는 마음

결혼은 제2의 탄생이다. 그만큼 자신의 배우자와 가정을 이루는 일이 태어나는 것 못지않게 중요하다는 말이다. 결혼한다는 것은 또 다른 새 생명에 대한 탄생을 예고하는 것이고, 따라서 이 두 탄생의 중요성은 그 우열을 쉽게 가릴 수가 없다.

만일 이 두 건의 탄생을 모두 겪어 본 사람에게, 둘 중 어느 것이 더욱 중요한지 묻는다면 아마 제2의 탄생을 들지 않을까 싶다. 왜냐하면, 사람이 태어난 후 미혼으로 사는 기간보다 결혼한 후에 사는 기간이 훨씬 길기 때문이다. 이 긴 시간 동안 한 집에서 밥을 먹고 같은 이불을 덮는 자신의 배우자를 사랑하는 마음이 없다면 그 사람의 일생은 불행의 연속이 될 것이다. 한 남자가 결혼해서 아내를 사랑하는 마음을 가진다는 것은, 자신을 행복하게 하고 사회를 평화롭게 하는 일과 다를 바가 없다.

지구상에 존재하는 모든 동식물은 일정한 수명이 있어 어느 때가 되면 자신의 분신을 낳는다. 또한, 그 분신이 잘 살아남을 수 있도록 갖은 정성을 다한다. 그 분신이 사람일 때는 그 정성을 일컬어 자식을 사랑하는 마음이라고 한다. 하지만 사랑이란 단어는 주변에서 너무 쉽게 사용하는 말이며, 부모가 자녀를 위해 쏟아붓는 노력을 나타내기에는 부족함이 많은 표현이다. 엄마가 자식에 대해 느끼는 감정을 어떻게 그 흔한 사랑이란 말로 모두 나타낼 수 있을까.

아내를 사랑하는 마음도 이와 같다. 아내를 사랑한다는 말은 통상 한 남자와 한 여자가 서로를 좋아해 같이 있고 싶은 감정의 표현일 수 있다. 하지만 생겼다가 없어지고 그러다가 또 생기는 남녀 간의 단순 애정과 아내를 사랑하는 마음은 결코 같을 수 없으며, 비교될 수도 없는 완전히 차원이 다른 감정이다. 남편이 아내에게 느끼는 마음을 어떻게 그 조변석개하는 가벼운 사랑이란 말로 모두 표현할 수 있을까.

찰스 다윈이 쓴 고전인 〈종의 기원〉을 보면, 저자는 책에서 자신을 내츄럴리스트 즉 자연인이라고 불렀다. 의학과 신학을 전공한 그는 자연에 존재하는 많은 생물의 기원을 연구했고, 한 생물이 그것의 원종으로부터 변종이 생기는 현상이 거듭되어 종이 진화했다고 말했다. 이는 곧 사람도 신에 의해 창조된 것이 아니라 어디로부터인가 기원했다는 진화론을 기술한 것이다.

나는 가끔 나 자신이 어디서부터 기원했는지에 대해 생각한다. 흐르는 강물을 바라보면 이 많은 물이 처음 기원한 곳이 어디인가 궁금해지는 것과 같이, 나는 과연 어디서부터 시작되어 지금 이렇게 살고 있는지를 생각하게 된다. 강은 상류로 거슬러 올라가면 그 기원이 산꼭대기에서 떨어진 한 방울의 물로부터 시작되었다는 것을 알게 된다. 하지만 나의 기원에 대해 생각해 보면 아무리 생각을 해 봐도 도무지 알 수가 없다. 내가 어디서 왔는지 알기 위해서는 나의 어린 시절을 회상해야 하고, 또한 그보다 더 오래된 시절을 돌이켜 봐야 하며, 급기야 나의 육체가 잉태된 시점을 더듬어 보아야 하지만, 그렇게 하면 할수록 그 기억의 마지막 부분은 내 머리로는 인지할 수 없다는 것을 알게 된다. 강물의 시작은 사람이 알 수 있지만, 나의 기원은 내가 알 수가 없다.

　　나는 내가 어디로 흘러가서 언제 어떤 종점에 도달할 것인지에 대해서도 생각한다. 강물의 종점이 바다인 것같이 사람의 종점도 존재하겠지만, 아무리 생각해도 나는 그 지점이 어디인지 알 수가 없다. 내가 어디에 도달할 것인지를 알기 위해서는 나의 미래를 예측해야 하고, 또 그보다 더욱 먼 미래를 그려 봐야 하며, 급기야 한 인간의 일생이 끝나는 지점에 대해서 생각해야 하지만, 그렇게 하면 할수록 그 미래의 끝부분은 결코 나의 손으로는 잡을 수 없다는 것을 알게 된다. 강물의 종점은 알 수 있지만, 나의 종점은 내가 알 수가 없다.

나의 시작과 끝은 과연 어디 있을까. 나는 도대체 어디서 와서 어디로 가는 것일까. 사람들은 이런 질문의 해답을 얻기 위해 교회에 가고, 사찰에도 가고, 스승을 찾아 헤매기도 한다. 거기에 가면 내가 구하려고 하는 나의 시작과 미래를 볼 수 있을까 하는 기대를 하며, 사람들은 오늘도 그렇게 먼 곳을 다니느라 여념이 없다. 하지만 나는 그런 곳에서 결코 나의 처음과 끝을 찾지 못한다는 사실을 알게 되었다. 내가 찾는 곳은 내 가까이에 따로 있다는 것을 깨닫게 된 것이다. 그곳은 바로 나의 집이다.

나의 집에는 내 아내가 있고 또한 내 아버지의 아내가 있었다. 그들은 내가 아무리 생각해도 모르는 나의 시작과 끝을 분명히 알고 있는 사람들이다. 내가 어디서 왔고 어디로 갈지를 알고 있다는 말이다.

나는 내 아버지의 아내가 품었던 태중에서부터 시작했고 내 아내의 손을 잡으며 인생의 종점을 맞이할 것이다. 나는 아내의 몸속에서 기원하였고 아내의 품속에서 끝날 것이다. 이런 아내를 사랑하는 마음은 사람의 처음과 마지막을 인지하는 마음과 같으며, 인간의 시작과 끝을 확인하는 마음이 아닐 수 없다.

아내는 사람을 두 번 태어나게 만든다. 한 사람의 남자는 엄마의 몸으로부터 세상에 태어난 후 자신의 아내를 만남으로써 한 번 더 태어난다. 한 번의 탄생만으로는 불완전하기 때문이다. 그리고는 아내에게 자신의 분신을 남기고 인생을 정리하게 된다. 한 남자의 처음과 끝, 기원과 종말, 영원한 과거와 영원한 미래는 모두 그 사람의 아내에게 있으며, 그가 평생 경험하는 일은 이 사실을 재차 확인하는 과정과 다르지 않다.

사람이 일생에 걸쳐 두 번 태어난다면 나는 하루에 걸쳐 두 번 출근한다. 아침에는 직장으로 출근하고 저녁이면 집으로 출근한다. 아침에 출근하기 전에는 거울을 보며 옷을 단정하게 입는다. 저녁에 집으로 출근하기 전에도 옷매무새를 한 번 더 점검하여 나의 모습을 더욱 단정하게 만든다. 집에는 내 모습과 옷차림을 바라보며 기쁨을 느끼는 유일한 사람이 있기 때문이다. 아내는 매일 저녁이면 자신의 집으로 찾아오는 한 사람의 손님을 맞으며 자기를 향한 사랑의 마음을 다시 한번 확인할 것이다. 내게 쏟아지는 따뜻한 시선이 기다리는 집으로 가는 매일 저녁의 출근길은 언제나 설레기만 하다.

연인 사이의 거리

내가 사는 아파트의 창문 밖으로는 한 그루의 나무와 전깃줄이 보인다. 주말 낮이면 가끔 거실에 앉아 창밖을 편안히 바라볼 때가 있다. 그때마다 나는 두 마리의 새가 나무나 전깃줄에 앉아 있는 모습을 자주 보게 된다. 당연히 암수 한 쌍이려니 생각한다. 그런데 한 가지 특이한 점은 두 마리의 새가 항상 꽤 먼 거리를 유지하면서 앉아 있다는 사실이다. 암수 한 쌍의 새가 나란히 붙어 앉아 정답게 지저귀는 모습은 어린이 그림책에나 있고, 현실은 이와 다르다는 사실을 알게 되었다.

고슴도치 딜레마라는 말이 있다. 추운 고슴도치들이 따뜻해지기 위해 함께 몸을 붙이려고 하면 바늘에 서로 찔리기 때문에, 가까이 가지도 못하고 멀리 떨어지지도 못한다는 말이다. 한 쌍의 새나 두 마리의 고슴도치 사이에는 반드시 일정한 거리가 존재한다는 사실을 보면서, 이것이 단지 동물의 세계에만 적용되는 것일까 하고 생각했다.

해거름이 지는 어느 봄날 오후, 집 근처의 한적한 숲길을 아내와 둘이서 산책을 했다. 기온도 온화하고 주변 경관도 좋아, 이런 시간이 우리 부부 사이를 더욱 가깝게 한다는 말도 주고받았다. 둘 사이의 분위기가 한창 좋아졌을 때 나는 아내에게 이런 말을 던졌다. '난 내가 가지고 있는 과거에 대한 추억을 당신과 모두 공유하고 싶어요.'라고.

나는 아내가 이런 말을 들으면 매우 감동할 것으로 기대했다. 하지만 예상외로 아내는 그 말을 듣고는 아무런 말 없이 어떤 반응도 보이지 않았다. 나는 순간적으로 내가 예상치 않은 당혹스러운 감정이 두 사람 사이에서 발생한 것 같다고 생각했다.

두 연인이 처음으로 만난 순간은 참으로 강렬하고 신비롭지 않을 수 없다. 이렇게 신비스러운 느낌으로 시작한 두 연인은 스킨십도 거치면서 둘 사이가 점점 친해진다. 또 사랑이란 감정도 서로 느끼게 된다. 그리고는 머지않아 서로에게 다음과 같은 말을 하게 된다. '당신은 오직 나에게만 속해 있고 다른 남자에게는 전혀 관심이 없어.' '당신은 오직 나만을 사랑하고 다른 여자에겐 절대로 눈길조차 주지 않을 거야.'라고 말이다. 이런 생각을 할 때는 남녀가 서로 만나 오래되지 않은 시기이다. 첫눈에 반해 눈이 멀어 버린 그 느낌이 서로 간에 통제되지 않을 때, 한 남자와 한 여자는 시간이 갈수록 둘 사이가 가까워진다고 생각하게 된다. 그리고 이런 꿈에서 깨어나기 전에 남녀는 서로의 여생을 함께하고자 하는 길로 접어들게 된다. 그리고는 오래지 않아 다음과 같은 사실을 깨닫는다. '아, 진정으로 연인 사이의 거리는 시간이 갈수록 멀어지는 것인가.'

두 사람의 사랑하는 연인 사이에는 반드시 가깝지도 않고 멀지도 않은 일정한 거리가 유지되어야 한다. 연인 관계를 유지하고 자신을 지키기 위해서는 상대방으로부터 일정한 독립성을 지킬 필요가 있는 것이다. 자신의 존재감을 지키지 못하면서 나 아닌 다른 사람을 사랑하고 아껴 줄 수는 없는 일이다. 두 연인의 사랑을 위해서 나를 완전히 희생하고, 서로를 위해 자신을 버리며, 상대방을 내 몸보다 더욱 아끼라는 말은 하기 쉽고 듣기 좋은 겉치레의 말일 뿐이다.

남녀 간의 사랑을 지속시키기 위해 제일 먼저 할 일은 바로 자신을 흔들리지 않게 지켜 내는 일이다. 자신의 육체적 건강을 지키는 일은 두말할 필요도 없고, 매사의 일에 임할 때 동요되지 않은 평정한 마음을 가져야만 가까이 있는 연인을 지킬 수 있다. 자신의 인성에 그르침이 없어 타인에게 죄를 짓지 않아야 자신을 쳐다보는 연인을 안심시킬 수 있다. 무조건 서로를 사랑하라고만 외치는 맹목적인 교훈은 스스로의 자존감을 잃게 하고 연인에게 집착하게 만드는 잘못을 유발하기 쉽다.

우주의 행성들은 서로 일정한 거리를 유지한 채 자신들이 가야 할 궤도로만 움직인다. 행성들은 상호 간에 미치는 만유인력과 반발력이 균형을 이루어 두 개체가 붙지도 않고 떨어지지도 않아, 서로가 이탈하지도 않고 또 다른 궤도로 침범하지도 않는다. 이처럼 연인 사이에도 그 관계가 원만히 유지되려면 두 사람 사이에 존재하는 호감과 반감이 균형을 이루는 지점이 있음을 인식하고, 그곳을 사랑의 출발점으로 삼아 그로부터 이탈하지 않아야 한다.

나의 과거를 모두 공유하고 싶다는 말을 듣고 아내는 과연 어떤 생각을 했을까. 아마, 자신도 잊고 싶은 추억이 많을 텐데 하물며 남편의 과거까지 공유해야 하는가 하는 부담 섞인 생각을 했을지도 모른다. 두 연인 간의 사랑은 서로가 상대방에게 너무 깊이 들어가지 않아야 그 지속성이 유지된다. 일정한 거리를 두고 상대를 바라봐야 하고, 그 이전에 나 자신 스스로를 더욱 깊이 살펴봐야 한다. 사랑의 화살이 과녁을 바로 맞히지 않는다면, 가장 먼저 돌아보아야 할 곳은 다름 아닌 자기 자신이다.

그대의 얼굴

　대학교수로 십수 년을 재직하면서 매년 신입생을 모집하는 대입 면접에 참여하였다. 면접에서는 특정 계열에 입학하는 학생들에게 학과의 지원동기와 장래 희망 등을 물어본다. 남녀비율이 거의 같은 화학 계열의 경우, 신입생 중의 여학생에게 인기 있는 장래 희망은 화장품 연구원이다. 이공학도를 꿈꾸는 여학생들이 여인의 얼굴을 아름답게 가꾸는 화장품 연구에 관심을 두는 것은 지극히 당연한 일이다.

　대입 면접을 진행하는 동안 교수는 신입생의 얼굴을 정면으로 바라봐 주어야 한다. 그렇게 하는 것이 힘들게 준비한 학생을 위한 최소한의 배려이다. 하지만 교수는 면접을 하면서 점수를 기록하는 일을 동시에 해야 하므로, 때로는 수험생이 애써 답변하는 얼굴을 제대로 봐주지 못하게 된다. 면접관 앞에는 점수를 기록하는 노트북이 놓여 있어 학생의 얼굴보다는 컴퓨터 화면을 더욱 열심히 들여다보는 것이다. 그러니까 이제는, 면접관과 신입생, 친구와 연인, 부모와 자녀가 모두 서로를 만나도, 사람의 얼굴보다는 크고 작은 액정화면을 더 많이 쳐다보는 시대가 되었다.

사람의 얼굴을 바라본다는 것은 그 사람에 대한 최고의 예우다. 내가 좋아하는 사람의 유의어는 '내가 보고 싶은 사람', 내가 혐오하는 사람의 유의어는 '내가 보기 싫은 사람'이다. 한 사람의 얼굴을 바라보는 것은 그 사람을 내가 인정한다는 뜻이며, 그 존재에 대한 동의의 표시다. 사람의 얼굴이야말로 그 사람이 가지고 있는 모든 것을 외부로 드러내는 수단이라고 해도 과언이 아니다.

모든 사람의 얼굴에는 명암이 있다. 어떤 얼굴에든 밝은 부분뿐만 아니라 어두운 부분이 있다. 그것은 마음속에 기쁜 감정과 슬픈 감정들이 함께 들어 있기 때문이다. 화가가 명암의 기법을 사용하여 그림을 더욱 돋보이게 만들듯이, 사람의 얼굴에 나타나는 명암의 대비는 그 사람을 더욱 아름답게 만든다. 사람의 얼굴에 존재하는 밝음과 어두움의 비율은 그 사람이 가진 상반된 마음의 배합 비율과 같다.

여인의 얼굴에도 그 얼굴에 나타난 명암과 함께 마음속에 혼합된 명암이 함께 비친다. 여인의 마음에 간직된 갖가지 감정과 느낌은 고스란히 그 얼굴을 통해 외부로 전달되고, 사람들은 외모보다 바로 그 명암에 새겨진 여인의 내적 모습에 이끌리게 된다. 실로, 여인이 갖는 아름다움은 자신이 가진 내면의 감성을 본인의 얼굴에 얼마나 잘 투영시키느냐에 달려 있다.

한 여인의 얼굴에는 한 남자의 심성이 들어 있다. 사람은 늘 자신이 공감할 수 있는 대상을 찾는다. 책을 읽거나 영화를 볼 때 사람들은 자기 생각과 일치하는 문장과 대사에 감동한다. 한 사람의 남자는 자신의 심성에 공감하는 한 여인의 마음과 그 마음이 투영된 여인의 얼굴에 감동한다. 그런 여인이 가장 아름답다.

사람들은 자기의 생각을 나누고 서로를 인정해 주는 또 다른 사람을 만나고 싶어 한다. 모든 사람은 공감에 몹시 목말라 한다. 우리가 하루 중에 만나는 사람의 숫자는 이런 갈증의 정도에 비례한다. 사람들은 이러한 목마름을 충족시키기 위해 매일 여기저기를 기웃거리지만 결국 자신의 옆자리는 비어 있다고 생각한다. 그러므로 사람의 마음은 자연히 어느 한곳으로 모이게 되는데 그곳이 바로 여인의 얼굴이다. 한 여인의 얼굴에는 한 남자의 갈 곳 없는 마음이 머물러 있다.

여인의 얼굴은 세월의 경과에 따라 변화한다. 이 변화는 한 여인이 가진 마음의 변화를 있는 그대로 반영한다. 오래 간의 인생 체험에 따라 넓어지고 깊어진 여인의 마음은 얼굴에 숨김없이 나타나고, 그로 인해 비친 젊음과 나이 듦은 조화롭게 혼합되어 아름다운 빛을 낸다. 이렇게 어우러진 한 여인의 얼굴에 머무는 한 남자의 심성도 그에 따라 넓어지고 깊어지는 것이다.

　사람이 살면서 얻을 수 있는 원초적인 기쁨으로는 맛있는 음식, 고급스러운 옷, 안락한 집이 있다. 하지만 이에 못지않은 큰 기쁨이 하나 더 있는데, 그것은 바로 내가 사랑하는 그대의 얼굴에 나의 마음을 둘 수 있는 기쁨이다. 천국은 결코 멀리 하늘 위에 있는 것이 아니라 항상 내가 갈 수 있는 가까운 곳에 있다. 내가 바라볼 수 있고, 나의 손끝이 닿을 수 있는, 나의 마음을 닮은 그대의 얼굴 위에.

질투

옛날 양반집 부인들은 외출할 때 가마를 타고 다녔다. 가마는 부인을 편하게 모시는 수단이었지만, 그에 못지않게 중요한 것은 남들이 안주인을 함부로 쳐다보지 못하게 하는 것이었다. 또 한편으론 세력 과시 용도도 있었다. 즉 남들이 부인을 쉽게 생각하지 못하도록 했다. 가마에는 행인들의 시선으로부터 여인을 보호하는 가림막이 있었는데, 행여 양반집 대감에게 매우 수치스러운 일이 생기면 그 일을 비유해서, 자기 부인이 타는 가마의 가림막을 잃어버리는 일을 당했다고 말했었다.

자기만의 둘도 없는 짝꿍이 다른 사람과 시선을 마주치며 웃고 말하는 모습을 보면, 사람들은 보통 가벼운 상실감을 느낀다. 연인과 함께 단둘이 앉아 있을 때, 연인에게 걸려오는 전화벨 소리만 들어도 적잖은 공백감이 든다. 어린아이가 동생이 태어나면, 엄마의 사랑을 뺏길까 봐 동생을 미워했던 일은 이미 유아기에 경험했던 일이다.

사람의 본능적 소유의식은 독점을 기반으로 한다. 또한, 그 의식은 사람의 탄생과 죽음의 과정에서 함께한다. 아빠의 몸에서 나온 작은 생명의 씨앗은 엄마 몸속의 아늑한 둥지를 혼자서 독점하고, 그 누구의 침범도 허락하지 않으며 태아로 성장한다. 태아는 엄마의 방을 독차지한 후 세상에 나왔다가, 수명을 다하면 다시 자신의 분골이 담긴 독방에 홀로 들어가 영원한 휴식을 맞는다. 사람에게는 이처럼 탄생과 죽음의 과정을 절대 타인과 공유하지 않으며, 그에 동반되는 소유도 남들과 공유하기를 꺼리는 본능이 있다.

사람이 가지는 소유본능은 깊은 자아 속에 잠재되어 있다. 표면으로 드러나 있는 공유 의식은 물 위에 떠 있는 작은 얼음 조각일 뿐이고, 오히려 그 아래에는 어마어마한 덩치의 전유 본능이 잠겨있다. 사람들은 남몰래 그 본능을 강하게 붙들고 있고, 혹시 그것을 남에게 들킬까 봐 애써 태연한 모습을 보이기도 한다. 우리는 내가 가진 것을 남들과 나누라고 배웠지만, 우리 깊숙이 있는 나의 자아만큼은 물질의 원자처럼 더는 나눌 수 없다.

'알터 에고'라는 말이 있다. 라틴어 어원으로, '또 다른 자아' 혹은 '또 다른 나'라는 뜻이다. 영어권에서는 자기의 배우자, 자신의 분신, 친한 친구 등의 다양한 의미로 사용된다. 알터 에고는 쪼개질 수 없는 자아가 심리적으로 나누어진다는 뜻으로, 일반적으로 통용되는 단어라기보다, 좀 복잡하고 미묘한 감정을 나타내는 전문적 용어이다. 같은 맥락에서 사람들이 결혼하면, 자신의 심리적 자아가 둘로 나누어진다고 생각하게 된다. 알터 에고가 생긴다는 뜻이다. 지금까지는 내가 하나의 자아로만 존재했는데, 혼인을 하게 되면 내게 또 다른 자아가 생긴다. 자신의 배우자는 두말할 필요 없는 나의 또 다른 자아이며, 그 자아는 다름 아닌 내가 둘로 쪼개져서 생긴 알터 에고이다.

자아는 보통 사람의 의식과 무의식 사이에 걸쳐져 있다. 사람들은 보통 자아를 외부로 표출하기보다는 내면에 숨겨 놓으려고 한다. 자기 아내가 타는 가마의 가림막을 잃어버리는 것을 수치로 생각하듯이, 사람은 자아가 무방비로 노출되는 일을 일종의 창피함으로 받아들인다. 그것이 내 자아이든, 나의 또 다른 자아이든 간에 상관없이.

질투는 나의 또 다른 자아 즉 나의 알터 에고에 관해서 하는 말이다. 사람은 자신의 또 다른 자아에 대한 독점권이 희석된다는 느낌을 받을 때, 질투의 감정을 가지게 된다. 동시에, 그 질투의 감정이 표출되지 않고 숨겨졌으면 하는 마음도 함께 가진다. 하지만 진정, 우리가 쓰는 단어 중에 이 질투만큼 큰 누명을 쓴 단어도 없다. 질투는 숨기고 싶은 감정인 반면, 사람에게서 일어나는 가장 떳떳한 심정을 나타내는 단어임을 부인할 수가 없다는 말이다.

우리말 중에는 당당하게 사용하여 떳떳한 마음을 가질 수 있는 단어가 있는가 하면, 왠지 숨기고 싶고 쑥스러운 마음을 일으키는 말도 있다. 정의, 선행, 도덕 등이 전자에 속하고, 짝사랑, 고백, 질투 등이 후자에 속한다. 하지만, 어떤 사람은 불의를 저지르고도 당당하게 살고, 어떤 이는 선행을 베풀고도 부끄러워한다. 못된 사람은 남에게 손해를 입히고도 뻔뻔해지고, 도덕적인 사람은 남에게 해를 끼칠까 봐 늘 조심스러워한다. 이처럼 사람의 감정은 타인과의 관계에서 오는 것이 아니라, 그가 갖고 태어난 태생적 천성에서 오는 것이다. 질투는 결코 쑥스러운 말이 아니다. 질투란 타인과의 관계에 있어 관대함이나 너그러움의 결핍을 의미하는 것이 아니라, 사람이 갖고 태어난 본성이 있는 그대로 드러남을 뜻하는 말이다.

질투는 사람이 가진 얼굴 없는 태생적 천성이다. 어린 유아는 엄마의 젖꼭지를 뺏기지 않으려고 있는 힘을 다해 물고 있고, 노년이 되면 아내의 사랑을 남에게 빼앗길까 봐 기를 쓰고 오래 살려고 한다. 질투는 사람이 살기 위한 생동의 원천이며, 건강과 장수를 위한 둘도 없는 자극제이다. 그러므로 질투하는 사람은 위축된 마음의 가면을 벗어 던지고 당당함의 옷으로 갈

아입은 다음, 자신감 있게 질투해야 한다. 그것이 둘도 없는 명확한 사랑의 표시이며, 당신의 알터 에고는 바로 그런 모습을 보고 싶어 한다.

편지 기다리는 사람

호모사피엔스, 생각하는 사람. 현재의 인간과 가장 가까운 초기 인류의 명칭이다. 사람은 생각하는 능력을 갖췄다는 말이며 이는 동물과는 다른 인간만이 가진 특징을 부각한 표현이다. 호모사피엔스와 같은 단어는, 문명의 발달과 함께 변해 가는 인간의 특징을 묘사하기 위해 앞으로 얼마든지 만들어질 수 있다.

지금 나와 함께 있지 않은 사람과 대화하고 싶은 마음이 생기는 것도 인간만이 가진 특징이다. 무리 지어 사는 동물은 바로 옆에 있는 동료들과 교감하지만, 인간은 지금 옆에 없는 사람과도 서로 소통하고 싶어 한다. 더 나아가 생각하는 인간은 때로는 옆에 있는 사람보다는 오히려 멀리 떨어져 있는 사람에게 더욱 그 생각의 고리가 머물 때가 많다. 사람의 생각은 멀리 있는 사람을 가깝게 느끼도록 만드는 그리움의 실마리이다.

이성 친구 간에 서로 친해지기를 바란다면, 직접 만나는 것보다 서로를 생각 속에만 머물게 하는 것이 더 효과적일 때가 있다. 생각 속에 있는 연인과는 서로 좋아하기도 하고 서로 틀어지기도 하겠지만, 결국은 이런 상상 속의 비대면 영상으로 말미암아 두 사람은 더욱 가까워질 수 있다. 호모언택트쿠스, 멀리 떨어져 있는 사람. 지금 옆에 있는 사람보다 만나지 못하는 사람과 더욱 가까워질 수 있는 것도 인간의 큰 특권이 아니겠는가.

편지는 이렇게 멀리 있는 사람에게 보내는 기다림의 서한이다. 친구나 연인에게 편지를 띄워 놓고 답장을 기다리며 우체통을 열어 보는 모습은 이젠 오래된 영화나 소설의 한 장면이 되었다. 편지는 이제 소식을 전하는 기능보다 주고받는 사람 간의 친밀도를 높이기 위한 이벤트로 사용된다. 편지는 손으로 쓴 필체를 서로 확인하고 정성 어린 마음을 보여 줌으로써, 돈이 들지는 않지만 희귀한 선물의 역할을 할 수 있다. 무엇보다 편지는, 기다리지 않고는 아무것도 받을 수 없다는 값진 교훈을 가르쳐 준다.

사람의 생각이 시간의 흐름을 오랫동안 타게 되면, 결국은 그 생각이 하나의 좁은 물길을 따라 흐른다. 더구나 상대방에 대한 감정이 분명한 호감이거나 혹은 분명한 반감일 때는, 시간의 경과에 따라 두 감정의 빛깔은 그 강도가 점점 더 심해진다. 서로 떨어져 있어 그리움의 대상이 되는 사람도 마찬가지다. 그래서 우리는 보고 만질 수 없는 사람을 생각 속에 담아 두고, 날마다 그 사람으로부터 편지가 오기를 기다린다.

기다리는 것은 내가 가진 시간을 소모해 버리는 일처럼 느껴질 수 있다. 그러므로 인간이 이룩한 문명이란 이런 기다림의 시간을 최소화하기 위해 쌓아 올린 노력의 결과이다. 이젠, 교통수단과 통신기기의 발전으로 사람들은 점점 더 기다림에 익숙해질 수 없는 존재로 변화하고 있다. 호모임페튜어스, 조급해지는 사람.

기다리는 것은 시간을 허비하는 일처럼 느껴지지만, 누구에게나 평등한 시간이란 씨앗은 어떤 토양에 뿌려지더라도 결과적으로 수확되는 곡식의 총량은 공평하게 나타난다. 사람이 평생 겪는 시간이 기다림의 시간이건 성취의 시간이건 간에, 그 시간이 인간에게 베풀어 주는 과실의 총량은 다르지 않다는 말이다. 사람이 일생을 살아가는 일에는 성공이란 개념도 실패라는 개념도 없으며, 누구든 자기에게 주어진 한정된 시간의 양을 소비한다는 면에서는 하등 다를 바가 없다.

기다리는 것은 행복함이다. 이천 년 전의 어느 성인은 산 위에 올라가 '마음이 가난한 사람은 행복하다.'라고 말했다. 그분은 아마 삼십여 년 동안 아버지가 있는 하늘나라에 들어갈 날을 기다리는 동안, 자신이 품었던 마음을 가난하다고 표현했던 것 같다. 기다리는 마음은 가난할 수밖에 없으며, 겸손하고 상처받을 수 있는 여린 마음이다. 이런 마음을 가진 사람이 행복하다.

기다리는 것이 행복함이 되기 위해서는 그것이 정제된 기다림이어야 한다. 사람의 생각을 조리 있게 글로 적어 놓은 편지는 그를 기다리는 사람의 심정을 반듯하게 정제시킨다. 쉽게 산만해질 수 있는 사람의 감정을 백지의 테두리 안에 정리해 놓은 편지를 기다리며, 사람들은 무작위로 혼합된 마음속의 상념을 좀 더 순수한 상태로 정돈할 수 있다. 편지지 위에 직접 손으로 쓴 사람의 필적은 그 어떤 선물 상자에 새겨진 고급 브랜드 로고보다 사람의 감성을 온화하게 만든다.

인간은 현재, 생각하는 인류에서 기다릴 줄 모르는 인류로 진화하고 있다. 긴 문장이든 짧은 문장이든 온종일 무작위로 오가는 정제되지 않은 문자들은, 사람들이 누렸던 기다림이란 행복을 박물관 한 귀퉁이의 전시유물로 만들어 버렸다. 전광석화처럼 날리는 회신의 메시지와 함께, 편지를 쓴 사람을 기다리며 무르익는 그리움의 애정도 순식간에 사라져 버리는 것 같다. 사람들은 편지를 보낸 후 답신을 받을 때까지 걸리는 시간이, 상호 간에 가지는 관심과 숙고의 양에 비례해서 늘어난다는 사실에 서로 공감했으면 좋겠다. 친구가 지면 위에 써 주는 나의 모습이 더욱 아름다워질 수 있도록, 조금 더 차분히 기다려 주면 어떨까 싶다.

밥하지 않는 엄마

나는 주말이면 가끔 아내와 함께 대형마트에 장을 보러 간다. 물건을 사는 일은 아내가 도맡아 하고 나는 카트를 밀어면서 여기저기를 구경한다. 마트의 여러 코니 중에 내가 가장 관심을 두는 곳은 식품관이다. 그곳에는 집에서 요리하지 않고 즉석에서 조리해 먹을 수 있는 음식들이 진열되어 있다. 나는 이 음식들을 보면서 이렇게 생각한다. '남자들이 꼭 결혼을 해야 하나?'

한 여인이 준비해 주는 따뜻한 집밥이 남자의 주요 결혼 사유가 된다는 사실은 누구도 부인할 수 없다. 나는 지금까지 살면서 가정에서 먹는 음식을 공급해 주는 사람은 엄마나 아내밖에는 없는 줄 알았다. 하지만, 이젠 그들이 없어도 간단한 액정 화면의 터치만으로 집밥 같은 음식들이 내 앞에 바로 전달이 된다. 바야흐로 가정파괴의 시대가 온 것이다.

우리는 역사 시간에 모계사회와 부계사회에 대해 배웠다. 원시시대는 모계사회이고 시대가 발달하면서 부계사회로 변했다고 들었다. 우리가 배운 바로는, 모계는 엄마가 중심이 되는 사회이고 부계는 아빠가 중심인 사회이다. 그러나 이 용어에 대한 실제 의미를 살펴보면 그 뜻이 정반대임을 알게 된다, 모계사회는 남성 중심 사회이고 부계사회는 여성이 중심이 되는 사회이다. 모계라는 말은 나의 엄마가 누구라는 것만은 알고 있다는 뜻이고, 부계는 나의 아빠도 누구인지 확실히 안다는 말이다.

우리는 지금 엄연한 부계 가정을 이루며 살고 있다. 엄마가 중심이 되는 가정이다. 엄마는 가정의 중심핵이고 아빠는 그것을 보호하는 겉껍질이다. 엄마가 집에서 해 놓은 밥은 잉태된 병아리가 먹고 자라는 노른자위와 같고, 엄마의 역할은 그 달걀 속에서 벌어지는 오묘한 현상처럼 신비스럽고 고귀하다.

엄마의 마음은 흐르는 물과 같다. 물은 경사진 땅과 지구의 중력에 몸을 내맡겨, 가만히 있어도 낮은 데로 흘러 결국은 최종 보금자리인 바다에 다다른다. 가족에 대한 사랑과 자식을 향한 모성애에 몸을 내맡긴 엄마의 마음도 물과 같아서, 가만히 있다가도 저녁때가 되면 밥 짓는 곳으로 저절로 발길이 움직인다. 엄마와 부엌 사이에는 떨어지는 사과에 미치는 만유인력이 작용하는 것이 틀림없다.

오랜 과거에 신은 인간에게 만나의 기적을 행하였다. 신은 인간을 사랑하였기에 하늘에서 만나를 내려 배고픈 군중을 먹여 살렸다. 인간에 대한 신의 사랑과 아이에 대한 엄마의 사랑이 모두 먹는 음식을 통해 나타난 것은 지당한 일이다. 그리고는 많은 세월이 흐른 후, 신은 새롭게 인간을 구원하기 위해 이번엔 자기 아들을 내려보냈다. 하늘에서 내려온 신의 아들은 바야흐로 군중을 향해 이렇게 말했다. '사람은 빵만으로 살지 않는다.'

엄마에겐 특권이 있다. 엄마는 자신의 직업이나 사회적 지위와 관계없이, 밥을 해서 아이를 먹여 살리는 인간 최고행위에 대해 주관자로서의 특권을 양보하지 못한다. 밥하는 엄마의 자격은 그 누구도 침범하지 못하는 그만의 자존심이며 기득권이다. 이런 엄마들에게 하늘에서 내려온 신의 아들은 아마 이렇게 말했을 것이다. '아이는 밥만으로 살지 않는다.'

과거 농경사회였던 시절, 사람들은 부모를 농사짓는 도구에 비유했다. 아버지는 호미와 같고 어머니는 낫과 같다고 했다. 호미는 자갈밭을 일구는 거친 연장이고 낫은 다 익은 곡식을 수확하는 세밀한 도구이다. 농사를 짓는 기능으로 보면 낫은 호미와 비교할 수 없는 정교함을 갖추었다는 뜻으로, 가정에서 엄마의 역할이 무엇인지를 말해 준다. 지금껏 세상을 움직였던 위대한 영웅들의 업적도 결국은 한 사람의 미세한 생각으로부터 출발했고, 그 세밀한 생각은 그 사람을 키운 엄마의 섬세함으로부터 얻어졌다. 옛날의 왕들도 국정에 대해 어려운 결정을 할 때는 마지막으로 어머니에게 조언을 구했다고 한다.

그리스 신화에는 지혜의 여신이 나온다. 신화에 등장하는 여신을 최고로 묘사하기 위해 지혜라는 수식을 붙였다. 지혜와 여신. 서로 뜻이 다른 두 단어이지만, 이처럼 어울리는 궁합을 가진 단어의 조합도 잘 찾아보기 힘들다. 지혜의 여신, 지혜의 여인, 지혜의 아내, 지혜의 엄마. 지혜는 여성의 전유물인 것처럼 들리고 용기는 남성의 전유물처럼 들린다. 솔로몬의 지혜도 아마 왕의 어머니에게서 나왔을 것이다.

이 세상에서 가장 넓은 것은 무엇일까. 하늘일까, 바다일까. 이 하늘과 바다를 모두 끌어안은 채 세상을 지배하는 거대한 꿈을 꾸는 한 명의 남자를, 자신의 품 안에 안을 수 있는 한 여자의 가슴이야말로 이 세상에서 가장 넓다. 사람을 낳고 기르는 여자의 가슴은 지혜의 하늘이고 현명함의 바다이다. 엄마의 지혜로움과 현명함은 아이의 빵과 밥이 되며, 아이들은 바로 이런 것을 먹고 자란다.

우리 주변에는 이제 양식이 없어 굶어 죽는 아이는 없다. 그러나 극심한 경쟁 사회에서 오는 압박감을 못 이겨 스스로 몸을 던지는 아이들은 있다. 진정, 사람은 빵만으로는 행복해지지 않는다. 사람에게는 밥하는 엄마보다 현명한 엄마, 지혜의 엄마들이 더욱 절실히 필요하다.

배달 음식과 즉석요리가 난무하는 시대에, 엄마들의 밥하는 특권은 이제 가정 내에서 그 중요성이 점점 감소하는 것 같다. 첨단기술의 발달로 사라져 가는 직업이 생기고 모든 분야의 사람들이 자기 변신을 꾀하는 이때, 엄마들도 이제 새로운 모습으로 다시 태어나야 하지 않을까 싶다. 밥하는 엄마에서 밥하지 않는 엄마로.

아빠의 의미

유토피아는 현실적으로 존재하지 않는 이상의 세계이다. 실제로 이룰 수는 없지만, 사람들은 이 가상의 세계를 머릿속에 담고 그 꿈을 달성하기 위해 오늘도 정신없이 달리고 있다. 이렇게 바쁜 걸음으로 앞만 보고 달리는 사람들을 한 번쯤은 뒤돌아보게 할 수 있는 호칭이 있다. 아빠.

아빠는 신의 아들이다. 조물주는 흙을 빚어 최초의 인간인 남자를 만들었고, 그 신체의 일부를 떼어내 여자를 함께 있게 했다. 그 둘은 이상의 세계에서 살았고 또한 자녀도 가졌을 것이다. 아빠가 된 신의 아들은 아내와 자녀를 데리고 그곳에서 살고 싶어 했지만, 불행히도 잘못을 저질러 고통스러운 인간의 세상으로 추방되었다. 하지만 그는 평생 그곳을 잊지 못하며, 언젠가는 이상의 세계로 돌아갈 수 있다는 희망을 지금도 버리지 않고 있다.

아빠는 아내와 자녀를 유토피아로 다시 보내기 위해 오늘도 열심히 돈을 번다. 저녁때가 되면 만유인력에 이끌려 부엌으로 가는 엄마처럼, 아침이 되면 누군가의 부름에 대답하듯이 아빠는 서둘러 집 밖으로 뛰쳐나간다. 서두르지 않으면 가족의 양식을 뺏겨 버린다는 위기감이 그를 오늘도 문밖의 전쟁터로 향하게 한다.

아빠의 머릿속에는 가족들이 거주할 이상세계에 대한 그림이 그려져 있다. 그는 의식주의 걱정이 없는 세상에서 식구들과 함께 사는 꿈을 버린 적이 없다. 하지만 아빠는 자신의 예금통장에 찍힌 숫자가 유토피아행 열차의 티켓을 구매하기에는 아직 턱없이 부족하다고 생각한다.

최적값이라는 말이 있다. 과학적 실험이나 제품을 생산할 때 쓰는 용어로, 생산의 효율을 극대화하기 위해 사용하는 조건에는 반드시 적정한 값이 존재한다는 말이다. 사람이 생존하기 위해 꼭 있어야 하는 것들에도 이러한 최적값이 존재한다. 숨을 쉬는 데 필요한 산소농도나 매일 먹는 음식의 양이 이 값보다 많거나 적으면 사람에게 문제가 발생한다는 것은 두말할 필요가 없다. 이 세상은, 사람에게 없어서는 안 되는 것들이, 그 최적의 값에서 벗어나지 않은 상태로 유지되며 작동하는 자기 조절적 유기체이다. 만일 그 값이 최적값에서 벗어나면 모든 것이 걷잡을 수 없는 방향으로 치달아, 통제되지 않는 '런어웨이' 상태에 빠지게 된다.

아빠는 가족이 도달하려는 이상세계라는 목적지를 설정하고, 그곳에 이르기 위해서는 어떤 것이 최적값인지를 알고 있다. 무엇을 가져야 하며 무엇을 버려야 하는지, 또한 그것들이 최적의 값으로 조합될 때 이상세계로 향할 수 있다는 사실을 모르고 있지는 않다. 하지만 오늘날의 아빠는 인류 최초의 남자처럼, 자기를 유토피아로부터 쫓겨나게 했던 그 유혹에 빠지는 잘못을 또다시 되풀이하고 있다. 그는 가족에게 필요한 많은 것 중, 단 한 가지의 지배력이 매우 우월해짐을 막지 못하는 위험에 빠져 있다. 돈.

돈을 버는 아빠는 자신이 버는 돈의 절대적 지배력 앞에서 느끼는 무력감을 떨쳐내기가 어렵다. 돈 버는 기능을 제외하고는, 아빠는 자신이 가족에게 이바지할 수 있는 다른 방법에 대해서는 아예 상상조차 못 한다. 아빠는 가족 내에서 자신의 가치를 스스로 평가할 때, 오직 본인이 버는 돈의 액수로만 평가점수를 매기는 단세포적인 방법을 택하는 잘못을 범한다. 아빠는 자신의 현금잔고가 늘어나면 가족들이 점점 천국의 문턱에 다가갈 것이라는 상상을 하지만, 정작 본인 자신은 다른 엉뚱한 곳을 향해 가고 있는지 전혀 알지 못한다. 아빠는 자신이 남긴 고귀한 유산의 가치가 훗날 오직 돈으로만 환산될 것이라는 생각을 하며 못내 안타까워한다.

사람이 가진 돈은 세상의 모든 것의 순위를 매기는 관습에 의해 그 의미가 과대평가된다. 돈은 사람이 생존하기 위해 있어야 하는 것 중, 그 최적값을 찾기가 어렵고 따라서 사람의 일생을 런어웨이 상태로 빠지게 할 수 있는 위태로운 필수품이다. 아빠는 중년의 나이를 지나 인생의 황금기를 맞으면, 비로소 그 위태로움으로부터 벗어나 우아한 여생을 보내고 싶어 하지만, 오랫동안 돈의 지배력에 길든 그의 재활 기간이 얼마나 길어질지는 쉽게 예측할 수가 없다.

우리가 사는 이 사회에서는 부의 편중에 의한 속박을 줄이고 돈에 예속되지 않는 이상세계를 실현하고자 한다. 공정한 분배란 돈이 균등하게 배분되는 것이 아니라, 사회의 가치가 사람들의 다양한 삶 위에 균등하게 배분되는 것을 말한다. 아빠가 그리는 이상사회는 자신의 가치가 돈의 편중으로 인해 훼손되지 않는다는 것을 잘 아는 사람들이 사는 곳이다.

가까운 길을 가기 전에는 엄마에게 물어보고, 멀리 있는 길을 떠나기 전에는 아빠에게 물어봐야 한다. 최초의 인간으로서, 이상의 세계에 살아 본 적이 있는 아빠는, 가족들이 사는 유토피아가 어떤 곳인지를 알고 있다. 아빠는 그곳에서 돈을 벌지 않았고, 이익을 추구하는 것만이 가족을 위한 유일한 길이 아니라

는 사실을 몸소 체험했다. 유토피아에 대한 추억을 간직하고 있
는 아빠는, 지금도 가까운 곳에서 우리에서 말을 건네고 있다.

행복한 중독

수년 전 〈인간중독〉이란 영화가 개봉된 적이 있다. 관람하진 않았지만, 포스터를 보니 두 남녀가 중독될 정도로 애틋한 사랑을 나눈다는 내용이었다. 나는 이 제목을 보고 중독은 나쁜 뜻의 말이지만, 이처럼 남녀 간의 사랑일 때 그 중독은 행복한 중독이 되지 않을까 생각했다.

인간은 인간을 벗어나서는 생각할 수 없는 존재이다. 태어나면서부터 가족에 속해 있고, 성장 과정에는 학교에서 집단생활을 하고, 죽을 때까지 사회라는 군집에 머무는 것이 인간이다. 인간은 타인으로부터 나의 실체를 찾는 존재인 것이다. 그런데도 인간이란 나의 영역과 타인의 영역 그리고 그 둘 사이에 있는 공유의 영역이 뚜렷이 구별되는 독립적인 존재인 것이 또한 분명한 사실이다. 한편으로 우리는, 사람 사이에 교류하는 것을 학교에서 받은 숙제처럼 일종의 의무로 생각한다. 우리는 지금, 내가 혼자 있어야 옳은 건지 아니면 타인과 함께 있어야 옳은 건지 잘 모르는 상태로 산다. 사람들은, 사회적 교류가 과다해져 거기서 벗어나고 싶다는 생각이 들고, 일단 그렇게 되면 다시 공백감이 찾아오고, 그래서 또다시 사람을 찾게 되는 현상이 계속 반복되면, 이른바 중독이란 단어를 떠올리게 된다. 사람들이 보통 중독될 수 있는 것들로는 술, 담배 등을 들 수 있지만, 사람에게 가장 강한 중독성을 가진 것은 다름 아닌 사람 그 자체 즉 인간중독인 것이다.

우리가 타인과의 관계에서 얻는 만족감은 사치품이 주는 만족감과 유사하다. 사람들이 사치품에 한 번 물들면 갈수록 더 고급스러운 물건을 원하게 되듯이, 인간관계에서도 점점 더 고급스러워 보이는 관계를 맺고 싶어 한다. 사람이 사치품에 한 번 중독되면 헤어나기 힘든 것과 같이, 사람 간의 관계를 맺는 일에도 너무 열중하면 행복하지 않은 불행한 중독에 빠질 수 있다. 불행한 중독의 한 가지 예가 바로 권력욕이다. 권력을 가진 사람은 자신의 존재감을 타인에 대한 지배력으로부터 찾는다. 그러나 그 지배력은 위험스럽고 영속적이지 못하며, 그 지배력을 잃어버렸을 때 오는 상실감은 사람에게 큰 박탈감을 준다. 사람들은 그 박탈감을 두려워한 나머지 다시 권력에 집착하게 되고, 마침내 중독의 영역으로 진입하게 되는 것이다. 권력자란 자아의 존재를 외부에 의존하는 사람을 지칭하는 말이며, 매우 강한 인간중독 증세가 있는 사람을 일컫는 말이다.

　사람들은 실로 그 어떤 것에든 자신을 의존하며 산다. 그것이 사물이든, 사람이든, 행위이든 간에, 사람에게는 자신을 기댈 대상이 필요하다. 인간이 만물의 영장이란 말은, 거꾸로 말해, 인간은 세상 만물에 어쩔 수 없이 자신을 기대며 사는 존재라는 말이다. 사람이 어떤 대상에 자기를 의지한다는 것은 자신의 마음을 준다는 것을 의미한다. 진실로, 사람이란 자신의 마음을 다른 데 주지 않고는 못 배기는 참으로 선량한 존재임에 틀림이 없다. 그러나 사람들은 그 마음이 누구의 소유인지도 모르는 채 자신의 마음을 일방적으로 뺏기는 경우가 많다. 마음을 주는 데만 익숙했지, 그 건너간 마음을 다시 되돌려 받지는 못하는 것이다. 옛말에, 집 나간 개나 닭은 애써 찾으려고 하면서도 떠나 버린 자신의 마음은 왜 찾지 않느냐고 했고, 빌려준 돈은 돌려받는 것이 상식이지만 건네준 사람의 마음은 왜 회수하려고 하지 않는가 말이다. 다른 것에 준 마음을 돌려받지 못한 채 빼앗기기만 한다면 이는 정말 불행한 중독이 아닐 수 없다.

　남에게 자신의 마음을 건네준 후에 그로부터 더 많은 마음을 돌려받는다면 우리는 행복한 중독에 빠진다. 준 것보다 더 많이 받는다는데 자꾸 주지 않으며 중독되지 않을 사람은 없을 것이다. 이렇게 놀라운 일은 바로 한 남자와 한 여자가 사랑을 나눌 때 일어난다.

　남녀 간에 이루어지는 사랑은 한쪽으로만 오는 것이 아니라 상호 간에 서로 주고받는 것이다. 남녀 간의 사랑이란 준 만큼 받는 것이 아니라 준 것보다 더 많이 받는 것을 말한다. 주지 않고는 못 견디는 존재, 자신의 마음을 받아 줄 수 있는 또 다른 인간이 꼭 필요한 존재, 그것이 인간이다. 나아가 자신이 준 것이 몇 배로 커져 되돌아왔을 때 사람은 자신이 가진 모든 것을 주게 된다. 남녀 간의 진정한 사랑이 바로 행복한 중독이다.

　한곳에 계속 머물고 싶은 애착심과 거기서 빠져나오고 싶은 중독감은 상반된 감정임이 분명하다. 하지만 이러한 감정들이 서로 혼합되어 사람을 또 다른 행복으로 이끄는 일은, 이성 간에 사랑이 오갈 때 가능하다. 이 세상의 그 어떤 언어의 인위적 조합도 남녀 간의 사랑을 묘사하기에는 충분치 않다. 만일 행복한 중독이란 이름을 가진 영화가 있다면, 그 영화는 큰 백색 스크린 위에, 한 번 맺어지면 절대 풀리지 않은 사랑이란 이름의 황홀한 흔적을 남길 것이다.

부모가 된다는 것

사계절이 뚜렷한 우리나라에서 사람들이 좋아하는 계절은 봄과 가을이다. 이 계절이 오면 풀과 나무들은 꽃을 피우고 열매를 맺어 고귀한 생명을 이어 나간다. 동식물이 자신을 스스로 재생하는 결실의 계절에, 자연이 보여 주는 현상은 그 모습이 가장 편안하다.

사람들이 결혼하여 한 자녀의 부모가 되는 일도 스스로를 재생하는 자연현상과 다를 바 없다. 한 쌍의 부모가 만나, 하나의 새 생명이 잉태되는 순간 부모가 함께 도달하는 최상의 희열은, 결실의 계절에 자연이 주는 안식의 느낌과 같다.

부모가 얻은 아기는 자연의 산물이다. 부모는 이제 막 태어난 아기를 쳐다보며 서로 이렇게 말한다. '우리 아기 얼굴은 엄마, 아빠 중 누구를 닮았을까요?' 그리고는 또 이런 질문도 하게 된다. '우리 아기 마음은 누구를 닮았을까요?' 대답은 이것이다. '우리 아기 마음은 자연을 닮았어요.'

나는 가끔 수영을 하러 다닌다. 레인을 왕복하며 여러 유형의 헤엄을 연습한다. 때로는 온몸에 힘을 빼고 수영장의 물속 깊이 가만히 잠겨 보기도 한다. 이때 눈을 감으면, 피부에 느껴지는 물의 촉감이 매우 부드러워 공기 중에서 있을 때와는 많이 다른 느낌을 받는다. 숨을 쉬지는 않지만 참으로 편안하다는 생각이 들고, 물속에 잠겨있는 내 몸이 참 자연스러운 상태에 있다는 느낌이 든다. 그리고는 눈을 감은 채 여기가 어디일까 하고 상상해 보곤 한다. '아, 여기가 바로 내 엄마의 배 속이 아닐까?'

세상 밖으로 나오기 전에 나는 분명히 열 달이라는 긴 시간을 이런 상태로 살았다. 가장 편안하고 안락하며 자연스러운 상태로 말이다. 그래서 나는 수영장의 물속에 잠겨 그 열 달 동안에 체험했던 일이 아직도 내 기억 속에 남아 있는지 더듬어 본 적이 있다. 엄마의 태중에 있을 때 내가 어떤 상태에 있었는지를 알고 싶었다. 그 결과, 희미하지만 그와 비슷한 흔적이 내 안에 들어 있음을 짧게 느꼈던 적이 있다. 다름 아닌 고요한 명상의 상태였다.

사람은 태초에 고요한 명상의 상태에 있었고 가장 자연을 닮은 마음을 가지고 있었다. 갓 태어난 아기는 이 고요함 속에 있는 자신을 강제로 세상에 밀어내는 엄마에게 불만의 표시를 하느라 아마 그렇게 큰 울음을 터트리는지도 모른다. 엄마라는 사람은 어떻게 해서 시작부터 이렇게 아이가 싫어하는 일만 하는 것일까. 오늘날의 부모들이 자녀를 기르는 모습을 보면, 자녀를 억지로 이 힘든 세상 밖으로 끄집어내는 일을 또다시 되풀이하는 것이 아닌가 하는 생각이 든다.

한 쌍의 부부가 자녀를 갖게 되면, 그때부터 부모의 관심사는 오직 자녀의 양육에 맞춰진다. 부모는 자신의 몸과 마음을 모두 내줄 듯이 자녀를 돌보고, 그 양육행위는 부모의 생명이 다할 때까지 계속된다. 사람은 살아가는 동안 돈, 재화, 보석 등에 자신의 마음을 빼앗기지만 자녀를 향한 마음에는 비할 수가 없다. 자녀는 부모로부터 빼앗은 그 훔친 마음을 먹고 자란다. 그리고 세월이 흘러 자녀가 다 성장하면, 부모와 자녀 간에는 다음과 같은 말이 오가게 된다. '품 안의 자식', '자식은 남', '난 이제 다 컸어요', '내 인생은 나의 것' 등.

부모는 자녀의 성장 과정에서 접하는 자연환경의 일부일 뿐이다. 자연이 아이를 잉태시켜 엄마의 태중 안에서 가장 편안한 상태로 있게 하듯이, 아이를 키우는 부모는 이 세상 밖에서도 자녀를 그런 상태로 있게 해야 한다. 부모가 자녀에게 해 주는 일이 자연이 아이에게 해 준 일과 비슷하다면, 자녀는 세상 속에 있으면서도 엄마의 태중에 있을 때와 비슷한 상태로 있을 수 있다.

부모는 자녀가 가진 본인들과의 유사성에 의해 현혹당한다. 부분적으로 일치하는 생물학적 인자들로 인해, 부모는 자녀에 대한 선입견과 실체도 없는 유전적 한계를 설정해 버린다. 부모와 닮음을 부모와 같음으로 오인하는 잘못을 저지르는 것이다. 자녀는 부모와 겉모습은 닮을 수 있지만, 그 속마음은 절대 같지 않고 비슷하지도 않고 완전히 다르다. 부모는 자녀가 자신들의 육체를 잠깐 거쳤다는 이유 하나만으로, 자녀가 부모에게 소속되어 있다는 잘못된 생각을 한다.

부모는 자녀라는 자연의 원석을 다듬을 때 그 형태를 있는 그대로 원상 보존해야 한다. 부모가 사과를 받았으면 그 사과의 단맛을 유지해야 하고, 탱자를 받았으면 탱자의 떫은맛을 그대로 지켜 주어야 한다. 자녀라는 원석에 대한 최소한의 가다듬음이 바로 부모의 몫이다.

최고의 부모가 되는 길은 다름 아닌 부부간의 애정을 최상으로 유지하는 것이다. 자녀란 부모의 애정을 기반으로 생성된 존재이다. 부부간의 애정이 흔들리는 모습을 자녀에게 보이면, 자녀는 자기의 근원적 생성기반을 의심하게 되고, 자신의 태생에 대해 부정적 심리를 갖게 된다. 부부간에 오가는 대화는 태어난 아이에게 보약이 될 수도 있고 독약이 될 수도 있으며, 부모의 목소리는 아이에게 음악이 되기도 하고 굉음이 되기도 한다. 엄마들은 아이가 태중에 있을 때는 그렇게 태교에 신경을 쓰면서, 막상 태어난 아기 앞에서는 아무런 생각 없이 큰소리를 지른다.

아버지는 세상을 뒤덮고 있는 하늘과 같고 어머니는 만물을 떠받치는 땅과 같다. 이 두 대자연 사이에서 태어난 자녀는 그 자연을 닮은 원래의 모습을 보존한 채 자라야 한다. 하늘과 땅은 아무 말 하지 않고 우리 곁에 머물러 있듯이, 부모도 자녀 곁에 가만히 있어 주기만 한다면, 자녀는 있는 그대로 자라나 자신만의 빛깔을 뽐내며 살게 될 것이다.

가족이라는 이름의 덫

고등학교에 다니는 한 학생에게 졸업 후 어떤 대학에 진학하고 싶은지 물어보았다. 학생은 이렇게 대답했다. '엄마가 사는 곳으로부터 가장 먼 곳에 있는 대학으로 가고 싶어요.'

결혼 후 독립해 사는 아들이 연휴 때 아내와 애들을 데리고 부모님 집에 오면, 부모는 다음과 같은 질문을 제일 먼저 하고 싶어진다. '얘들아. 얼마 동안이나 우리 집에 머물 거니?'

직장에 다니는 남편이 며칠간 출장을 가게 되면 아내는 떠나는 남편을 배웅하며 걱정스러운 얼굴색을 띠지만, 속으로는 홀가분한 해방감을 느낀다. 내 아내도 다음과 같이 내게 물어본 적이 있다. '당신 언제 출장 좀 오래 갈 일 없어요?'

옛날에는 대가족이 모두 한집에 모여 살았지만, 세월이 갈수록 가족을 구성하는 인원은 점점 줄어들고 있다. 일인 가족이란 말도 생긴 것을 보면 이제는 어디까지를 가족이라 해야 하는가에 대한 의문도 생긴다. 원래 가족으로 간주했던 자녀가 성장해 결혼하면 이제 가족이란 범주에서 멀어지는 것 같은 생각이 든다. 사람들이 사는 이 세상이 점점 그렇게 되어 가고 있다.

가족의 정의는 무엇인가. 한 사람에게 축하받을 일이 생겼을 때 함께 기뻐해 주는 마음이 진심으로 일어나고, 샘을 내거나 질투하는 마음을 전혀 찾아볼 수 없을 때 우린 그 사람을 가족이라 부른다. 가족이란 서로 경쟁하는 존재가 아니라 나 자신과 다름없이 나와 한 몸으로 간주하는 사람을 말한다. 가족은 또 다른 나 자신이다.

가족은 한 사람이 착하든, 악하든, 선행을 베풀었든, 죄를 지었든 간에 그 사람을 조건 없이 수용해 준다. 가족이란 이처럼 매우 감성에 근거하고, 이성적으로 판단하지 않으며, 논리로 설명될 수 없는 감정을 기반으로 형성된 조직인 것이다.

가족이 만들어진 계기를 보면, 서로 모르는 남녀가 우연히 만나 애정이 생기고, 그다음 결혼을 해서 아기를 가져 출산을 하고, 자연히 그 아기에 대한 보호 본능이 생겨나 양육을 하고, 그러다가 하나의 가족이란 테두리를 가진 영역이 만들어진다. 이 과정들을 돌이켜보면 그야말로 모두가 매우 감성적이고, 비이성적이며, 우연스러운 사건을 기반으로 하지 않는 것이 하나도 없다. 사람들은 이렇게 우연한 사건을 계기로 생긴 감정을 가족 간의 사랑이라고 부른다.

이렇게 우연히 형성된 사랑이라고 불리는 감정이 바로 가족이라는 이름의 덫을 만든다. 사람이 부모로부터 태어났다는 유전적 사실 때문에, 서로가 쏙 빼닮아 서로의 생각이 똑같으리라 생각하는 막연한 추측도 가족이라는 이름의 덫을 만든다. 한 집에서 숙식을 같이한다는 단순한 이유만으로, 그 구성원들이 무조건 친밀한 관계에 있을 것이라고 가정해 버리는 잘못된 상상도 가족이라는 이름의 덫을 만든다. 남녀가 만나 결혼을 해서 잠자리를 같이했기 때문에, 그 둘 사이에는 아무런 허물이 없을 것이라고 간주하는 오해 또한 가족이라는 이름의 덫을 만든다. 가족은 사람의 둘도 없는 안식처이지만 그 안에는 눈에 띄지 않는 덫이 곳곳에 존재한다.

가족은 조건 없는 사랑의 공동체라는 숙명적 의무감과, 혈연을 절대적인 사회적 불가침의 성역으로 생각하는 관습은, 가족이란 울타리에 개인을 가두는 부작용을 초래한다. 혈연은 떼려야 뗄 수 없는 운명적 관계이지만, 많은 사람은 때때로 그런 운명적인 관계를 덫으로 간주할 때도 있다는 것이다. 사람이 덫에 걸리면 무조건 빠져나오려고 힘을 주기보다는 차분히 그 실마리를 풀어야 하듯이, 만일 가족이 나에게 짐스러운 느낌으로 다가온다면 그와 같은 방법으로 차분히 풀어 나가야 한다.

화가는 그림을 그릴 때 여백의 미를 강조한다. 한 폭의 그림에서 화면을 채우지 않은 여백은 단순한 빈 곳이 아니라 채워진 부분을 부각하는 역할을 한다. 여백은 색깔과 형체의 나타남이 쉬어 가는 공간이며, 이 쉬는 공간이 존재하기 때문에 전체의 그림이 편안하게 보인다. 가족 간의 사랑도 이와 같다. 종교에서는 신의 사랑이 인간에게 듬뿍듬뿍 채워진다고 하고, 부모의 사랑도 자녀에게 가득가득 채워진다고 말하지만, 이렇게 채워지기만 하는 사랑에는 여백의 미가 있을 수 없으며 쉬어 가는 공간이 허락될 수 없다. 가족 간의 사랑에도 휴식이 필요하다.

가족은 개인의 군집체이다. 군집체는 모여 있음으로써 개인들이 상호 간에 동반 상승효과를 누리는 곳을 일컫는다. 집단 내의 이러한 시너지 효과는 인간뿐만 아니라 동식물의 세계에서도 똑같이 존재한다. 자연의 세계에서는 각 개체의 방어막이 되는 군집단이 거꾸로 개인을 속박하는 일은 벌어지지 않는다. 혈연관계에 있다는 돌이킬 수 없는 사실 때문에, 가족이 서로에게 부담스럽게 작용하는 일은 사람이 사는 사회에서만 일어난다.

결혼하기를 꺼리고 이혼하는 사람들이 늘고 있다. 가족이라는 덫을 스스로 피하거나 그로부터 빠져나오는 사람들이 많다는 말이다. 가족이란 진정, 서로 외면해 버리기가 불가능한 존재이므로, 가족이라는 작은 사회에 적용되는 독립적인 규범이 흔들리지 않게 지켜지는 것이 중요하다. 그렇지 않으면 가족이 서로 간의 집착 관계로 발전하기 쉽다. 가족 간에는 당연히 서로 관심이 크지만, 그 관심 어린 마음을 모두 애써 표현하지 않는 자제력도 동반되어야 한다.

이제 막 깨어난 어린 새가 자라나 둥지를 박차고 날아 올라간 후에는, 자신이 자란 둥지를 뒤돌아보지 않는다. 둥지는 새를 밖으로 날려 보내기 위해 존재하는 것과 같이, 가족은 개인을 외부로 떠나보내기 위해 존재한다. 오래된 주택의 담장 허물기처럼, 우리는 가족이란 이름으로 쳐놓은 담장을 확 트인 새로운 광장으로 재탄생시킬 필요가 있다. 언제나 서로를 부담 없이 만나고, 누구나 편히 쉴 수 있으며, 한가롭게 이리저리 걸어 다닐 수 있는 가족이라는 이름의 휴식의 공원으로.

3. 자연과 인간

자연의 현상

나는 운이 좋게도 작은 산이 바로 옆에 있는 아파트에 산다. 대도심의 공원으로 지정된 이 산은 꽤 많은 나무가 우거져 무척 쾌적한 자연환경을 제공한다. 집 인근에 숲과 오솔길이 있고 나비와 새가 날아드는 경관을 접할 수 있는 나는 일상생활이 여간 만족스럽지 않다. 바람이 많이 부는 날이면 나는 일부러 산으로 올라가 숲에 밀집한 나무 잎사귀들이 바람에 스치는 소리를 듣는다. 공기 속에서 부딪치는 나뭇잎의 소리는 그 어떤 악기에서 나는 음색보다 경이롭고 신비하다. 산 위의 바람은 또한 내 얼굴을 스쳐 지나가며 안면의 피부가 시원한 기체의 흐름을 느끼게 해 준다. 이 모두가 얼마나 고마운 자연의 현상인지 모르겠다.

태초에 신이 인간을 창조했던 낙원에도 나무숲이 있었을 것이고 바람도 불었을 것이다. 인류 최초의 인간은 그 바람이 부는 숲속에서 빚어졌고 스치는 잎사귀의 소리를 들으며 자랐다. 인간은 천지가 창조되었을 때나 이십일 세기인 지금이나 자연

속에서 생겨나 그와 함께 숨 쉬며 살고 있다. 사람이 자연 안에서 창조되었다는 사실은 지금도 변함이 없고, 그 똑같은 자연이 지금도 내 옆에 있다는 사실도 변하지 않았다.

우리는 이 세상이 크게 자연과 인간으로 나뉜다고 배웠다. 자연의 반대말은 인간이고, 인공의 반대말은 자연적이라고 들었다. 하지만 이 말은 사람의 이분법적 사고방식에 의해 생겨난 산물이고, 특정 단어의 유사어와 반대어를 설정하는 언어체계의 속성이 만들어 낸 잘못된 관념이다. 인간은 자연의 반대말이 아니라 자연 속에 포함된 것이고, 자연의 현상에 의해 생겨난 다음 스스로 생각하고 움직이는 귀중한 자연의 결과물이다.

인간이 없으면 자연도 의미가 없고 자연이 없으면 인간이 애초에 생겨나지도 않았다. 그러므로 인간과 자연은 둘이 아니라 하나이다. 자연은 인간이 만든 형상들을 품고 있고 인간은 그 스스로가 자연의 모습을 간직하고 있다. 그러므로 모든 자연의 현상들이 사람에게 보내는 신호는 사람마다 다르지 않고 모두 똑같은 메시지로 전달된다. 산 위에서 부는 바람, 무더위에 내리쬐는 햇빛, 구름 낀 하늘의 천둥소리 등은 사람들에게 시원함, 뜨거움, 무서움의 감정을 불러일으키고, 이 현상들로 인해 인간이 느끼는 감정은 모든 사람에게서 한 치의 오차도 없이 일치한다. 인간의 마음에는 자연이 있고 자연의 마음에는 인간이 있다.

사람은 우리가 경험할 수 있는 자연의 현상 중, 정말이지 특별한 한 가지의 이벤트에 의해 잉태된다. 한 쌍의 남녀가 행하는 이 이벤트야말로 사람이 누릴 수 있는 최고로 축복받은 자연의 현상이며, 이에 따라 한 인간의 생명은 시작된다. 그리고 또 한 인간이 경험하는 또 다른 자연의 현상이 있는데, 그것은 바로 사람의 일생이 종료되는 현상이다. 사람의 일생은 자연의 현상에 의해 시작되고 자연의 현상에 의해 종료된다. 이처럼 자연은 사람에게 더없는 기쁨을 선사하기도 하고 더없는 슬픔을 던져 주기도 한다. 아름다운 잉태의 기쁨과 함께 아름다운 이별의 슬픔을.

옛날의 한 시인은 일출의 노을은 자수정과 같이 붉고, 일몰의 노을은 석류처럼 붉다고 했다. 이 두 가지 자연의 현상은 서로가 다른 빛깔을 나타내지만 결국은 모두 붉고 아름답다는 말이다. 사람의 탄생은 일출과 같이 기쁨의 빛깔로 붉게 빛나고, 사람의 죽음은 일몰처럼 차분한 빛깔로 붉게 빛난다. 그리고 이들 모두는 사람의 근원적인 처음과 마지막을 의미하는 자연의 현상임에 틀림이 없다.

나는 매일 아침에 일어나면 세수를 한 다음 방 안에서 가벼운 체조를 한다. 팔다리 운동도 좀 심하게 하여 약간 숨이 찰 정도의 상태가 되도록 한다. 그리고는 가만히 서서 나의 오른손바닥을 왼쪽 가슴에 올려놓고는 눈을 감고 조용히 손바닥의 느낌을 감지한다. 이때 나는 내가 느낄 수 있는 최고의 자연현상을 경험한다. 바로 내 심장이 뛰는 박동의 리듬이다.

사람들은 해가 뜨고, 바람이 불며, 비가 오는 것처럼 너무도 흔하지만 정말 귀중한 자연의 현상들을 그냥 넘겨 버린다. 또한, 내 가슴에서 지금도 뛰는 심장 박동의 리듬을 무심코 지나쳐 버리고 만다. 내 몸속에서 지금도 이토록 신비한 자연의 현상이 쉼 없이 일어나고 있는데, 어떻게 해서 사람들이 진정 행복해지지 않을 수 있겠는가.

노인의 미소

사람은 나이를 먹는다. 일 년이 지나면 누구나 한 살이 더 많아지지만, 같은 일 년을 살았다 하더라도 그 한 살의 의미는 매년 다르다. 어린이가 나이를 먹으면 자란다고 하고, 어른이 나이가 들면 늙는다고 말한다. 사람의 일생 중 어느 시점엔가 변곡점이 존재한다는 뜻이다.

사람의 젊음과 늙음의 기준을 얼굴과 신체의 아름다움에만 둔다면, 일생 중의 전성기는 그 나이의 중간쯤에 해당하는 시기가 될 것이다. 해가 아침에 떠올라 최정점에서 밝은 빛을 낸 후 뒤쪽으로 사라지는 모습과 같다. 인생의 정점에 있는 사람들은 자신이 가장 아름다운 지점에 있다고 생각하고, 그 정점을 벗어난 사람을 보면 아쉬움과 위로의 마음을 갖는다. 그래서인지, 사람들은 모두 현재 자신의 모습을 인생의 최정점으로 여기고 싶어 한다. 사람들은 나이란 숫자에 불과하다는 말을 자주 하고, 자신의 남은 일생에서 오늘이 가장 젊었기 때문에 지금이 가장 멋져 보이는 순간이라고 말한다. 그렇다. 인간이란 본래 미래지향적인 동물이며, 따라서 오직 미래를 꿈꾸며 그에 대비하기 위해 지금껏 살아왔다. 그러므로 이렇게 도달한 현재의 내 모습은 먼 과거로부터 꿈꾸어지고 준비된 최종적 결과인 것이다. 나이 고하를 막론하고 지금 현재의 모습이야말로 과거의 어떤 시점보다 향상된 인생의 최정점이 아닐 수 없다.

젊은이에게는 미래가 더 많고 노인에게는 과거가 더 많다. 보통 젊음, 청춘, 미래와 같은 말을 들었을 때는 희망, 가능성, 장밋빛 등과 같은 단어들이 연상되어야 마땅하다. 하지만 오늘날의 현실을 돌아보면 젊음이라는 말은 틀에 박힌 말이 되어 버렸고, 이제는 불확실, 좌절, 걱정 등과 같은 단어들이 더욱 연상됨을 숨길 수가 없다. 소설가 박완서는 자신의 말년에 '나는 결코 다시 젊어지고 싶지 않다.'고 말했다. 나이 든 노인이면 누구나 동경할 수 있는 젊음과 청년의 시절보다, 현재 자신의 모습에 더욱 만족한다는 말이다. 노년에 찾아오는 얼굴의 주름과 백색의 머리카락은 오랜 세월이 지나지 않고서는 결코 얻지 못하는 값진 재산이다. 만일 누군가가 나에게도 다시 이십 대로 돌아가고 싶은지 묻는다면 나도 아마 비슷한 대답을 할 것 같다. '한 달 정도만 돌아갔다가 다시 원래의 나이로 돌아오고 싶다.' 라고.

영화나 드라마를 볼 때 중요한 감상 포인트는 단연 배우들의 표정 연기이다. 배우들의 연기에는 큰 웃음이나 격노한 얼굴 등이 있겠지만, 이보다는 오히려 매우 미세한 얼굴 표정의 변화가 관객의 마음을 더욱 움직인다. 그중에 배우들의 입가에 지어지는 엷은 미소는 그 어떤 대사보다 극적인 효과를 나타낸다. 입가에 살짝 나타나는 섬세한 미소는 극 중의 전후 내용에 따라 사랑, 증오, 용서, 비난, 깨달음 등의 갖가지 다양한 뜻을 전달하는 유용한 연출 도구이다. 또한, 이 미소는 젊은 배우의 얼굴보다는 나이 많은 노인의 입가에 지어질 때 더욱 의미심장하게 느껴진다.

노인의 미소에는 그 사람이 거쳐 왔던 긴 세월 동안 쌓인 인생역정이 모두 들어 있다. 노인의 미소는 그 숱한 경험이 승화된 완숙미를 표시하며, 몇 마디 문장이나 말로는 결코 나타낼 수 없는 수많은 메시지를 전달한다. 무언중에 빙긋이 웃는 노인의 미소는 장황한 말로는 해석되지 않은 이 복잡한 세상사에 대한 해답을 전해 준다.

오랜 세월의 수고로움 없이는 얻을 수 없는 백발처럼, 노인의 미소 또한 오랜 기간의 노고가 쌓이지 않으면 결코 얻을 수 없다. 나이가 들수록 사람에게 다가오는 상실된 자존감과 과도한 욕심은 노인의 얼굴에 늙음의 그늘을 드리우지만, 그 얼굴에 회심의 미소가 번지는 순간 그 그늘은 이내 사라져 버린다.

사람은 아무리 나이가 들어도 늙지 않을 수 있다고 나는 믿는다. 긴 세월이 지나면서 손으로 만질 수 있는 사람의 피부는 변곡점을 지나 노화의 길로 접어들지만, 만질 수 없는 정신적 인격은 꺾이지 않고 그 고도의 정점을 계속 높여 갈 수 있다. 사람이 생존하는 동안 본인의 마음속에서 벌어지는 심리적 전투를 마다하지 않으면 인생의 최정점은 연장된다. 비록 외모는 늙어 보이지만 보이지 않는 정신적 깊이는 결국 노인의 미소로 나타나게 된다. 사람은 누구나 인생의 마지막 날에, 자신의 심장이 멈추는 순간 나의 모습이 어떨까를 상상한다. 그리고 그 순간이 부디 내 인생의 최정점이기를 바란다. 그리고 그때, 나이가 들어도 늙지 않은 한 얼굴의 마지막 표정을 머릿속에 그릴 것이다. 그 사람의 마음으로부터 우러나 입가에 잔잔히 번지는 한 노인의 마지막 미소를.

새해가 돌아올 때면

사람이 태어난 후 60년이 되는 해를 회갑이라 부른다. 회갑은 기원전부터 동양에서 사용된 육십갑자가 하나의 회기를 지나 제자리로 돌아온 것을 뜻한다. 이는 천체의 운행주기를 나타내는 고대의 역법과 관련이 있고, 사람이 태어난 후 일생을 살다가 다시 원래의 자리로 돌아온다는 것을 뜻하는 말이다. 하지만, 최근에는 수명이 길어져 회갑은 칠순이나 팔순에 비해 크게 중요하게 생각하지 않는다. 하지만, 칠순과 팔순은 단순히 칠십 년과 팔십 년 동안 오래 살았다는 것을 기념하는 반면, 회갑은 사람이 태어났던 시점으로 회귀한다는 것을 뜻하므로 그 의미는 남다르다. '집안 어른이 칠순이 되면 열 번째 생일파티를, 팔순이 되면 스무 번째 생일파티를 해 드려야 한다.'라는 우스갯소리도 한다.

이렇게 사람들은 나이를 막론하고 모든 것을 처음부터 다시 시작하고 싶다는 마음을 갖는다. 가보지 않은 길에 대한 미련과 과거를 돌이키고 싶은 회한은 누구에게나 있기 마련이다. 컴퓨터에 문제가 생겼을 때 마지막에는 전원을 껐다가 다시 켜듯이, 사람은 자신의 인생을 한 번쯤은 리셋하고 싶어질 때가 있다.

새해를 맞이할 때면 우리는 이처럼 생일, 회귀, 리셋과 같은 단어를 떠올린다. 새해에 떠오르는 해를 보며 사람들은 세상에 갓 태어났을 때와 같이 모든 것을 순수한 상태로 되돌리고 싶어 한다. 육십 년을 기다리면 이렇게 된다고 하지만 그건 너무 길고, 그래서 사람들은 적어도 일 년에 한 번씩 돌아오는 새해를 맞이하는 일에 열광한다.

태양계의 행성인 지구는 타원형을 그리며 일 년에 한 바퀴씩 공전한다. 행성은 궤적을 따라 회전을 거듭하여 매번 그것이 떠났던 자리에 다시 돌아온다. 새해는 이렇게 떠남과 돌아옴이 되풀이되는 과정에서 생겨나며, 이는 사람들이 하루의 일상에서 겪는 반복된 생활의 궤적과 비슷하다. 사람들은 자신의 보금자리인 집으로부터 매일 떠난 다음 다시 돌아오고, 그 원점인 집을 중심으로 같은 동선을 그리며 매일 공전을 반복한다. 우리는 일상생활 중에도 하루에 한 번씩 새해를 맞이하는 것이다.

지금껏 이 땅의 새해는 분명히 지구의 공전 수만큼 찾아왔고, 그 한 번의 회전이 완료되는 시점을 특별히 기념해 왔다. 한 번의 떠남과 한 번의 돌아옴이 완성되었기에 우리는 그렇게 환호

하고 기뻐했다. 우리에게 찾아오는 매일의 새해도 이와 같다. 사람들은 자기가 보낸 하루 중의 공전이 완성되는 때를 기념하며, 이는 집으로부터 한 번의 떠남과 한 번의 돌아옴이 완료되었을 때 느끼는 저녁의 평안함과 같다.

내가 근무하는 책상 정면의 벽에는 달력이 하나 걸려 있다. 그 벽은 못을 치기 힘든 재질로 만들어져 있어, 나는 접착제로 작은 고리를 벽에 붙인 다음 그 위에 달력을 걸어 두었다. 그러나 보통 접착제는 기계적인 힘이 크지 않고 그 고유의 수명이 있어 언젠가는 접착력을 잃어버리게 된다. 난 책상 앞에 걸려 있는 달력을 볼 때마다 그것이 언젠가는 저절로 떨어질 것으로 생각한다.

한 달이 지날 때마다 나는 이 달력의 한 장을 찢어내며 큰 종이 한 페이지에 해당하는 무게만큼을 달력으로부터 줄여 준다. 한 달에 한 번 이렇게 달력의 무게를 줄여서 벽에 붙어 있는 고리의 부담을 더는 일을 할 때마다 내 마음은 조금씩 가벼워진다. 그리고 앞으로 내가 살아가야 하는 수많은 시간의 무게도 이 같은 방법으로 점점 감소하는 것 같아 한결 홀가분해진다.

연말이 되면 벽에 걸린 달력은 단 한 장만이 남아 매우 가벼운 상태가 된다. 그러나 애석하게도 한 달이 지나 새해가 되면 나는 또 다른 열두 장짜리의 무거운 새 달력을 고리에 걸어야 한다. 그리고는 올해가 혹시 이 고리의 수명이 다해 달력이 저절로 떨어지는 해가 되지 않을까 하는 염려를 한다. 그래서 나는 새해가 되면 새 달력을 벽에 매우 조심스럽게 살짝 건다.

사람들이 원하는 돌아옴의 감정은 종교에서 말하는 근본 교리와 다르지 않다. 생명이 있는 것은 세상에서 여러 형태로 번갈아 태어난다는 윤회나, 죽은 사람이 다시 살아난다는 부활도 사람이 처음으로 다시 돌아가고 싶은 심정을 나타낸 말이다. 하지만, 강물은 가두어 두지 않으면 높은 데서 낮은 곳으로 흐르기만 하고, 사람의 마음도 가만히 버려 두기만 하면 자꾸 주인을 떠나 배회하려 한다. 물고기가 산란을 위해 강의 물살을 힘들게 역행하여 회귀하듯이, 사람도 자꾸 이탈하려고 하는 본인의 마음을 자신을 향해 역주행시킬 필요가 있다.

새해가 되면 벽에 새 달력을 걸듯이, 내 마음에도 매년 새로운 달력이 어김없이 걸린다. 사람이 살아간다는 것은 견뎌내야 하는 숙제를 가득 담은 무거운 달력으로부터 그 짐을 하나둘씩 덜어내 홀가분함을 느껴 가는 과정과 같다. 사람이 사는 동안 끝없이 주어지는 인생의 과제는 내 마음을 계속 방황하게 만들지만, 그 방황이 끝난 후에는 다시 제자리로 돌아와야 한다. 새해의 반복, 돌아옴의 반복이 사람을 완성으로 이끈다.

새해가 되면, 태양을 도는 지구는 제자리로 돌아오고 사람도 자신의 보금자리로 찾아 돌아오는데, 어떻게 해서 내 주변을 맴돌고 있는 내 마음은 원래의 자리로 그리 쉽게 돌아오지 않는지 모르겠다. 새해를 맞이할 때 우리가 기뻐하는 이유는 모든 것이 제자리로 돌아와 다시 출발할 수 있기 때문인데, 방황이라는 이름을 가진 사람의 마음은 언제나 떠났던 곳으로 다시 돌아와 새 출발을 준비할 수 있을까.

벽 없는 공간

    과학자들은 우주의 생성과 지구의 탄생에 관한 연구를 한다. 인류가 존재하기도 전에 있었던 하늘과 땅이 만들어진 경위를 탐구하는 일이다. 실로, 이렇게 태곳적에 발생했던 사건을 현재의 연구를 통해 밝혀낼 수 있다는 사실이 정말 놀랍기만 하다.

    과학이 발달하지 않았던 옛날에도 사람들은 하늘과 땅의 기원에 대해서 궁금하게 생각했다. 그것을 밝혀낼 지식이 부족했던 시절에, 사람들은 하늘과 땅은 인간이 감히 근접하지 못하는 창조주에 의해 창조되었다는 매우 단순한 결론을 내렸다. 사실적 탐구와 논쟁 및 검증을 거쳐야 하는 과학적 방법보다 훨씬 수월하게 그 의문을 해결했던 것이다. 그리고 지금도 과학이 설명하는 우주의 생성경로를 믿는 사람 못지않게, 하늘과 땅이 신에 의해 창조되었다고 믿는 사람들이 많다.

    사람은 하늘과 땅으로 이루어진 공간 안에 산다. 인류의 탄생과정을 밝히려는 사람들은, 애초에는 하늘과 땅이 있었고, 그 사이에 동식물이 살았으며, 그 안에서 남녀가 만들어졌고, 그다음에 자녀가 태어났다고 얘기할 것이다. 어떤 사람들은 천지를 창조했다고 하는 신의 존재가 인간에 의해 만들어진 하나의 개념이라고 말하지만, 그 사람들조차 천지가 인간에 의해 창조되었다고는 말하지 않는다. 신은 인간이 만든 개념일 수 있지만, 하늘과 땅으로 이루어진 공간은 분명히 사람이 존재하기 전부터 있었다.

사람은 공간의 지배를 받는다. 한정된 공간은 사람의 신체는 물론이고 그 생각의 영역까지도 제한을 건다. 예술가의 작업실에서 그려진 미술품의 화풍은 작업실이라는 고정된 공간이 있기에 그 개성이 유지될 수 있고, 글 쓰는 작가는 작품의 소재를 얻기 위해 새로운 공간으로 여행을 떠난다. 무에서 유를 창조하는 사람들은, 하나같이 특별한 공간 안에 머물고, 자신을 감싸고 있는 공간으로부터 창작의 영감을 얻는다.

인간을 창조한 창조주도 특별한 공간 안에 있었다. 그 공간에는 육지와 바다가 적절한 비율로 나누어져 있고, 투명한 공기가 그 위를 뒤덮고 있다. 하늘에서 떨어지는 빗물은 온갖 사물을 골고루 적시기를 마다하지 않으며, 멀리서 불어오는 바람은 어느 것 하나 스치지 않고 지나는 법이 없다. 이 공간에는 낮과 밤이 번갈아 찾아오고, 그 낮의 밝음은 태양이 있음을 뜻하며,

밤의 어두움은 태양이 없음을 의미한다. 이처럼 공간에는 있음과 없음이 어김없이 반복되며, 따라서 이 공간의 영감을 받고 태어난 사람들의 관념도 평생, 있음과 없음, 소유와 무소유의 틀에서 벗어나지 못한다.

사람들은 공간을 소유하기를 원한다. 사람들은 공간을 소유하고, 거기에 들어 있는 사람들과 서로 생각을 공유하고자 한다. 사람들은 자신이 소유한 공간이 공감의 현장이 되길 바라며, 자신의 공간에 타인과 함께 있음으로써 그 사람의 마음속에 있는 내적 공간까지도 함께 공유하고 싶어 한다. 사람들은 진정, 같은 집에 사는 가족의 마음속 내적 공간을 함께 공유하고 싶어 하는 것이다.

사람들은 집을 지어 새로운 공간을 만든다. 사람이 만든 집의 공간은 벽면으로 둘러싸여 있다. 새로운 공간을 만들어 주는 이 벽면은, 실제로는 넓은 공간을 더 좁은 공간으로 나누는 역할을 한다. 집 짓는 사람들은 자기가 사는 도시의 빈 공터에 끊임없이 높은 벽을 건설하여, 자연이 허락해 준 넓은 공간을 좁게 나누는 일에 열중한다. 하나의 넓은 공간을 함께 공유하기 어려워하는 사람들은, 갈수록 그런 작은 공간들이 필요해지고, 그래서 사람들은 계속해서 벽을 세워 도시의 빈 공간을 갈라 집을 짓고, 그 갈라진 공간은 사람들을 또다시 나눠 놓는다.

이 세상에는 벽이 없는 공간이 하나 있다. 하늘과 땅을 경계로 하는 이 유일한 공간에는, 날아다니는 새와 헤엄치는 물고기를 가로막는 벽면이 존재하지 않는다. 모든 생물은 이렇게 트인 하나의 공간 안에 머물며, 서로 간에 교감하고 소통하여 완전한 공감의 생태계를 이룬다. 사람들이 공간이라고 만든 곳에는 반드시 벽과 천장이 있고, 그 벽들은 우리를 지켜 준다고 생각하지만, 그 벽이 사람들을 나누어 놓는다고는 잘 생각하지 못한다. 정작, 인류가 처음 탄생했던 곳에는 그런 벽이 없었다는 사실을 사람들은 모른 채 지낸다.

사람들은 무한한 공간을 소유하고 있다. 인류가 사는 이 벽 없는 공간을. 이 공간에 출입하기 위해서는 카드키와 비밀번호가 필요 없고, 거기서 내려오는 햇빛과 빗물은 모든 사람에게 차별 없이 분배된다. 인류가 탄생하기 전부터 이 공간에 살았던 식물과 동물들은 자기들이 이미 점유했던 그 공간을 인간과 공유하는 것을 기꺼이 허락하였다. 알 수 없는 곳으로부터 창조된 인간을 흔쾌히 받아 준 이 무한한 자연의 공간은, 지금도 우리 몸을 가만히 안아 주고 있다.

맛의 언어

'지금 제일 먹고 싶은 것이 뭐예요?' 병원에서 갓 퇴원한 환자에게 보호자가 묻는 말이다. 맛있는 음식을 먹으면 몸을 회복하는 데 도움이 된다고 우린 믿는다. 비정상적으로 된 신체 일부가 입안에서 느껴지는 음식의 맛으로 인해 더욱 빨리 제자리로 돌아온다는 것이다. 입안에서 일어나는 즐거운 향연이다.

사람이 언어를 사용하는 것도 입안에서 벌어지는 또 다른 향연이다. 사람의 입 밖으로 나오는 말은, 어떤 입 모양을 통해 나오느냐에 따라 사람에게 보약이 되기도 하고 독설이 되기도 한다. 사람의 생각은 입의 모양을 바꾸고, 그렇게 변한 입에서 나온 사람의 언어는 또 다른 사람의 생각을 바꾼다. 우리는 하루 중에 이처럼, 세 번 먹는 음식의 맛을 느끼고 셀 수도 없는 언어를 쏟아내며, 매일 입안에서 벌어지는 잔치를 즐긴다.

입에서 느껴지는 맛은 인간의 역사를 지배했다. 신대륙을 발견한 주된 목적이 향신료를 얻기 위함이었다는 것은 역사적 사실이다. 음식의 양념에 해당하는 향신료는 극소량이 사용되어 요리의 맛에 큰 변화를 준다. 작은 날갯짓이 원인이 되어 사나운 태풍을 일으키는 나비효과처럼, 향신료의 미세한 변화가 사람이 먹는 음식 전체의 격을 좌지우지한다는 것이다.

음식의 맛을 느끼는 묘미는 그 미세함에 있다. 맛의 미세한 차이로 인해 사람의 쾌감과 불쾌감은 여지없이 결정되고, 음식 성분의 매우 작은 차이 때문에 인간이 이룬 문화 자체가 변화되었다. 전문 요리사들은 음식의 간을 맞추는 일을 비법이라 부르며 남에게 공개하기를 꺼린다. 한번 공개되면 아무에게나 쉽게 여겨질 수 있기에 그 비법을 애써 지키려는 것이다. 나만이 알고 있는 비법은 알고 보면 별것 아닌 사소한 것일 때가 많고, 사람들은 이 사소한 것을 자신만의 큰 무기로 삼는다. 맛을 추구했던 인간이 새로운 역사를 썼듯이, 이렇게 일상의 미세함이 세상사를 좌우해 왔다.

사람들은 사소함에 둘러싸인 채로 산다. 보통, 사람의 입맛은 참 간사한 것이라고 말하지만, 이 간사한 느낌이 사람의 가장 진솔한 감정임은 명백한 사실이다. 미각과 후각 같은 일차적 감정을 스스로 간사하다고 비하하는 것은, 이성을 가진 인간으로서의 고귀함을 더욱 부각하고 싶기 때문일 것이다. 하지만, 자기 가까이에 있는 이 사소함이야말로, 인간에게는 지대한 영향을 미친다.

사람들은 음식을 먹기 전에 그것의 사진을 찍어 시각적 즐거움을 누리기도 하지만, 그 맛이 들려주는 언어적 즐거움을 함께 누릴 수 있다. 내 입을 통해 전달되는 음식의 맛은 사람이 가진 가장 적나라한 감정을 무언의 언어를 통해 언급해 준다. 사람들은 온갖 미사여구를 동원해 인간의 언어를 치장하려고 하지만, 맛의 언어가 들려주는 입안의 느낌은 일부러 꾸밀 수가 없다. 사람들은 맛이 전하는 언어를 들음으로써, 무엇이든 있는 그대로를 받아들이고 언어의 행간을 읽지 않아도 되는 것을 배우게 된다. 인간의 언어는 사람을 속일 수 있어도 맛의 언어는 사람을 속일 수 없다.

사람들은, 보이는 대로 보고, 들리는 대로 듣고, 느낀 그대로를 설명하는 일에 서툴러 한다. 사람들은 자기가 사는 집을 장식하고 싶듯이, 자신이 받은 느낌도 무언가로 장식하려고 한다. 사람에게는 원래의 감정에 솔직하지 못하고 자꾸 자신을 꾸미려는 습관이 있고, 있는 그대로의 자신을 드러내기를 꺼리는 버릇이 있다.

하지만 음식의 맛을 느끼는 것은 꾸미지 않은 자신과 마주하는 일이다. 맛을 느낌으로써 내 감정에 솔직해지는 방법을 알게 되고, 맛있음과 맛없음으로 나누어지는 이분화된 단순함을 체험하게 된다. 진정, 사람이 가진 두 가지 단순 감정인 좋음과 싫음 이외의 다른 감정을 설명하기 위해서는, 적지 않은 꾸밈이 개입되지 않을 수가 없다.

맛의 언어는 집중의 언어다. 집중은 중심에 모인다는 말이다. 맛을 느낄 때는 몸의 중심인 입으로 신체의 모든 감각이 모이고, 이 집중된 감각은 사람의 병을 회복시킬 정도로 강렬하다. 사람들은 여러 종교에 입문하여 기도와 참선, 수신 등을 통해 자신에게 집중하고 심신의 안녕을 추구하지만, 음식의 맛이 주는 것과 같은 집중된 안식의 효과를 능가하지는 못한다. 맛의 언어가 전해 주는 본래 그대로의 느낌에 충실하면, 우리의 몸도 원래 있었던 그대로의 상태로 회복될 수 있다.

맛의 언어는 독백과 같다. 듣는 사람을 의식하지 않는 독백은 나의 심경을 거짓 없이 드러낸다. 연극에서는 출연자의 심경을 명백히 전달하기 위해 독백의 대사를 사용한다. 타인으로부터 방해받지 않고 자신의 주관을 그대로 노출할 수 있기 때문이다. 음식의 맛을 느끼는 것도, 타인의 방해 없이 오로지 자신만의 주관을 표출하는 일이고, 그렇게 함으로써 내가 가진 심미적 정체성을 더욱 확고히 굳힐 수 있다.

사람들은 음식의 맛을 다른 사람과 함께 나눈다. 사람들은 밥을 모여서 먹는다. 그렇게 해서 우리는 맛의 언어를 공유하며, 그리고 또 식사 중에는 사람의 언어로 서로 간에 대화를 나눈다. 사람들이 모여 음식을 먹을 때는, 이렇게 다른 두 종류의 언어들이 혼재되어 오고 가며, 이 두 언어 사이에는 별도의 통역이 필요치 않다. 맛의 언어와 사람의 언어는 우리 식탁 위에서 절묘한 조합으로 어우러져, 매일 더할 나위 없이 풍성한 향연을 벌인다.

너무 과다한 세상

사람의 욕심에는 끝이 없다. 하나를 가지면 둘을 갖고 싶고
둘을 가지면 셋을 갖고 싶다. 사람의 소유욕은 절대 충족되지
않으며 현재 내가 가진 것에 만족하려는 사람도, 혹시나 내가
남보다 뒤처지는 것은 아닌가 하는 염려를 한다.

세상에는 너무나 많은 것들이 있다. 사람들은 이 많은 것들
중에, 어디까지가 자기에게 필요한 것인지를 판단하지 못한다.
우리는 무엇이든지 많을수록 좋다고 막연히 생각한다. 필요한
양이 어디까지인지를 이성적으로 분간하는 능력이 우리에겐
없다. 이런 과다함에는 한계가 없어 사람들은 갈수록 더 많은
것을 요구하고, 그 끝이 과연 어디까지인가를 몰라 불안한 마음
도 갖는다. 세상이 이렇게 과다해도 되는지, 후손에게 이런 넘
치는 세상을 물려줘도 괜찮은지 염려하는 사람이 많다.

넘쳐 나는 세상에 사는 사람들은 자기 자신만이 가진 고유한
소중함을 잊어버리기가 쉽다. 이렇게 되면, 사람이 태어날 때부

터 받은 소중한 신체와 정신보다는, 몸을 치장하는 옷이나 값비싼 물건에 의해 사람의 소중함이 좌우되고, 사람이 가진 재산이 그 사람의 가치를 결정하게 된다. 지위고하를 막론한 인간의 평등과 직업에는 귀천이 없다는 말 등이 쓸모없어지게 되는 것이다.

사람들이 귀한 물건에 둘러싸여 있을수록 사람은 자신만의 정체성을 그만큼 작게 느낀다. 그 귀한 물건을 소유해야만 존재감이 올라간다고 생각하여, 그만큼 자기 고유의 귀중함을 스스로 위축시킨다. 사람들은 작아지는 자존감을 만회하기 위해 더 화려한 물건을 찾게 되고, 그에 따라 세상은 더 과다해져 인간으로서의 고유함은 점점 잊히게 된다.

사람의 소비 활동은 살아 있는 동안 계속된다. 사람의 생활은 새로운 물건을 사고, 쓰던 물건을 버리고 또 사는 과정의 반복이며, 이 소비 형태의 주기는 점점 짧아지는 것 같다. 사람들이 자기 몸에 걸치고 직접 손으로 만졌던 것들을 버린다는 것은 자신의 지난 시간을 멀리한다는 것이고, 새로운 물건을 산다는 것은 옛일을 잊고 새로운 생활의 시간을 시작한다는 것을 뜻한다. 쓰던 물건을 버리면 그 물건과 함께 지냈던 시간이 내게서 떠나가고, 새 물건을 사면 또 다른 시간이 내게로 다가온다.

내가 쓰던 물건에는 나의 과거가 들어 있다. 그 물건이 간직하고 있는 과거를 아는 사람은 오직 나밖에는 없다. 나 혼자만의 시간을 보냈을 때, 그 시간과 함께했던 것은 다른 사람이 아니라, 바로 내가 입었던 옷과 내가 가졌던 소장품이다. 나에게 귀중한 물건은 비싸지는 않지만 나와 함께 호흡했고 나의 체취가 스며들어 있는 것들이다. 이런 물건들을 버린다는 것은, 나의 지나온 자취를 과감히 포기해 버리는 용기를 내는 일과 다름이 없다. 너무 과다한 세상은 우리에게 이런 용기를 내도록 자꾸 부추긴다.

사람들은 땅속에서 발굴된 오래된 유물을 귀하게 여긴다. 당시에 살았던 사람들의 생활상을 간직하고 있기 때문이다. 지금 우리가 쓰고 있는 물건들은 우리 자신들의 유물이다. 현재 나의 생활상을 간직하고 있기 때문이다. 현재 살아 있는 사람들은 언젠가는 떠나더라도, 그 삶의 모습은 그들이 쓰던 물건에 그대로 간직된다.

이 과다한 세상에서 우리는 물건을 사고 또 버리는 일에 너무 익숙해져 있다. 일회성 용품들도 넘치고, 그것을 쓰고 버릴 때마다 일말의 죄책감도 느낀다. 사람은 본능적으로 자기가 쓴 물건에 애정을 갖는다. 그 물건을 보관하고 싶은 마음이 생기고, 그 마음이 깊을수록 물건은 사람의 애장품이 된다. 쓴 물건을 버리는 데 익숙해진 우리는 이제 점점 물건에 담겨 있는 내 마음조차 하찮게 생각하는 것은 아닌가 싶다.

곡식이 가득 담긴 바구니에 새 한 마리가 앉아 곡식을 쪼고 있는 모습을 본 적이 있다. 사람 같으면 그 많은 곡식이 눈앞에 있으니 이런 횡재가 없다고 생각할 것이다. 하지만, 그 새는 자기가 필요한 곡식 몇 알만 쪼아 먹고는 그냥 휙 날아가 버렸다. 현재 필요한 것 외에 더는 욕심부리지 않고 등을 돌리는 새를 보며, 어쩌면 저렇게 의연할 수가 있을까 하고 생각했다.

새로움과 익숙함

국어사전에서 새로움에 대한 정의를 찾다가 그 주변에 있는 단어를 훑어보았다. 새신랑, 새색시, 새집 등 새롭다는 뜻을 가진 단어들이 보였다. 우리가 모두 좋아하고 갖고 싶은 것들이다. 그러나 그 단어 중에 그렇지 않은 단어 하나가 눈에 띄었다. 새엄마.

사람들은 이 세상의 많은 것들을 둘로 나누어 생각한다. 밝음과 어두움, 사랑과 미움, 새것과 헌것 등, 이것 아니면 저것으로 모든 가치를 양분하는 데 익숙해 있다. 그리고 한발 더 나아가, 이렇게 둘로 나뉜 것 중의 하나는 좋은 것이고 다른 하나는 나쁜 것으로 생각한다. 밝음은 좋은 것이고 어두움은 나쁜 것이며 새것은 좋은 것이고 헌것은 나쁜 것으로 생각한다.

우리가 무엇이든 둘로 나누는 데 익숙한 이유는 우리 몸이 좌우 두 편으로 나뉘어 있기 때문인지도 모른다. 이 세상의 많은 것들은 좌편이 아니면 우편에 있고, 또 그 둘 중에 우보다는 좌가 낫거나 좌보다는 우가 더 낫다고들 생각한다. 하지만 다시 한번 살펴보면, 사람의 몸에서 무엇보다 중요한 역할을 하는 부분은 좌와 우로 나뉘어 있지 않고 중간에 하나만 있다.

사람은 현재의 시간을 살아간다. 우리는 분명히 현재라는 단일 시점을 살고 있지만, 사람들은 자신이 사는 시간마저도 둘로 나누어 생각한다. 과거와 미래. 현재 속에서 사는 우리들의 머릿속에는 현재의 시간은 없고 오직 과거와 미래라는 두 개의 시간밖에는 없다. 하지만 우리 몸에서 가장 중요한 기관이 좌편이나 우편에 있지 않고 중간에 하나만 있듯이, 사람에게 가장 중요한 시간은 과거나 미래에 있지 않고 현재에 존재한다.

과거와 미래를 언급할 때면, 이 두 단어 앞에 즐겨 붙이는 수식어가 있다. 어두운 과거와 밝은 미래. 우리는 이상하게도 자신이 겪었던 과거의 시간은 어두웠던 것으로 기억하고, 앞으로 겪어야 할 미래의 시간은 밝게 다가와야 한다는 일종의 책무감을 가지고 있다. 그 때문인지 사람들은 더욱 밝은 미래를 위해 오늘도 갖은 희생을 감수하고 있다. 그 희생이라는 것이 행여 과거를 부정하는 심리에서 연유했는지도 모르는 채.

사람의 과거는 익숙함을 만들어 내고 사람의 미래는 새로움에 의해 만들어진다. 익숙함은 변치 않고 내 곁에 머물러 있는 것들이며, 새로움은 다가가기 어렵고 조금은 낯설게 여겨지는 것들이다. 익숙함의 주머니에는 내가 거쳤던 시간의 흔적이 고스란히 남아 있고, 새로움의 바구니에는 아무것도 채워지지 않은 채 약간의 생소함만이 여기저기 존재한다. 결국, 사람들은 익숙함이란 과거를 극복해야만 새로움이란 미래에 도달한다는 습관적 관념을 가지고 있다.

우리는 습관적으로 자신의 과거 중에 어두웠던 부분들을 떠올려 내가 가진 익숙함을 과소평가하는 잘못을 저지른다. 지금까지 살면서 자신에게 결핍되었던 것을 달성하기 위해서는 익숙함을 떠나 새로움을 추구해야만 하고, 새로움만이 과거를 미화시키고 밝은 미래를 약속한다고 생각한다. 하지만 그 새로움에 대한 추구로 인해 과거가 남긴 익숙함의 귀한 자취가 훼손될 수 있다는 생각은 잘하지 못한다.

익숙함이란 시간의 경과에 따라 사람 안에 생성된 몸과 마음의 리듬이다. 사람은 누구나 자신만의 신체적, 정신적 천성을 가지고 있고, 이 천성들은 세월이 지나면서 자신만이 가진 익숙함의 패턴을 만들어 낸다. 이것은 오직 한 사람만의 패턴이며 다른 이들과는 비교될 수 없는 유일한 고유성이다. 사람이 가진 익숙함이란 오직 그 사람만의 익숙함이지 보편적으로 적용되는 익숙함이란 있을 수 없다는 말이다.

우리 주변에서 생산되는 신제품들은 그 새로움의 주기가 갈수록 짧아지고 있다. 하지만 뒤돌아서면 등장하는 신상품과 빛의 속도로 바뀌는 트렌드는 지금껏 오랜 시간에 걸쳐 쌓아 온 익숙함이라는 고유성을 빼앗아 버린다. 사람이 평생 겪는 낮과 밤 그리고 밝음과 어두움의 반복처럼, 우리에게 필요한 새로움은 사람이 겪는 절대적 익숙함으로부터 만들어진다. 새벽의 일출과 저녁의 황혼은 볼 때마다 새로운 빛깔을 선사하고, 어제의 하늘과 오늘의 하늘은 절대 같지 않듯이, 사람들이 만든 새로움이란 가까이서 반복되는 조금 낯선 익숙함과 다름이 없다.

사람들은 모두 자기 자신에 대해서는 잘 알고 있다고 생각한다. 또 가까이 있는 부모, 형제, 친구 모두를 잘 알아 서로가 익숙하다고 생각한다. 하지만, 우리는 정작 내 옆에 있는 사람들로 인해 갈등을 겪는 경우가 많고, 일상 중에 매번 그들이 낯설게 느껴질 때도 있다. 내 안에 들어 있어 너무 잘 안다고만 생각했던 익숙함의 바구니가, 얼마나 깊고 또 새로운지 다시 한번 가늠해 보면 어떨까 싶다.

변화

1865년 독일의 물리학자 루돌프 클라우지우스는 열기관이 어떻게 작동하는가를 연구한 결과, 어떤 새로운 물리량이 있음을 발견하였다. 그는 이것의 이름을 '엔트로피'라 명명하였다. 그리스어 어원을 가진 이 용어는 내부라는 뜻의 '엔'과 순환이란 뜻의 '트로피'를 더한 합성어이다. 이 말을 글자 그대로 번역하면 '내부에서 순환하는 것'이란 뜻이다.

클라우지우스는 열기관에서 열이 전달되고, 피스톤의 회전축이 역동적으로 변화하는 과정에서도 그 값이 일정히 유지되는 한 성질을 엔트로피라 불렀고, 그것이 일정하게 유지되기 위해서는 기관의 움직임에 마찰이 없어야 한다는 사실을 밝혀내었다. 이 사실은 그 후 물리적 현상뿐만 아니라 사회적 현상을 설명하는 데도 사용되었다. 그것은 세상이 변화할 때 마찰이 없으면 세상의 엔트로피는 일정하지만, 현실적으로 그런 변화는 있을 수 없으므로, 우주의 엔트로피는 계속 증가한다는 것이 그

핵심 이론이다.

변화는 살아 있음과 동의어이다. 살아 있는 동식물 안에서 끊임없이 이어지는 신진대사는 새로운 변화 그 자체이며 숨 쉬는 생명의 대명사이다. 사람 몸속의 공기와 혈액은 혈관을 지나면서 화학적 조성이 변화하고, 다시 원상태로 순환해 그 변화를 거듭한다. 이러한 변화로부터 잉태된 사람의 생각 또한 이 세상을 변화시키는 원동력이 된다.

눈에 보이는 변화는 사람의 외부에서 일어난다. 살아 있는 자연과 살아 있는 인간이 보여 주는 변화에는 그 고유의 주기와 파동이 존재하며, 이 두 개의 다른 변화의 파동들이 서로 일치할 때 사람은 안정감을 느낀다. 현명한 사람은 자기 몸속에 있는 고유한 기질의 변화를 자연의 변화와 일치하도록 만드는 사람이다.

변화를 일으키는 동력은 현실과 이상 간의 괴리에서 온다. 사람에게는 자신이 도달할 수 없는 이상을 머릿속에 담아 두는 본능이 있다. 변화의 방향은 그 이상이 있는 곳을 향해 가며, 그것이 어디쯤 있느냐에 따라 변화의 품질은 결정된다. 사람의 생각 속에서 싹트는 이상의 모습에 따라, 세상이 변화하는 방향은 하늘과 땅을 오갈 수 있다.

모든 변화는 그 변화에 맞서는 마찰에 거슬러 일어난다. 동력을 일으키는 열기관의 움직임에 마찰이 없을 수 없듯이, 세상에서 일어나는 변화의 역방향으로는 필연적 저항이 작용한다. 물체의 움직임에 마찰이 없으면 그 움직임은 제어되지 못해 충돌로 이어지고, 변화를 거스르는 저항이 없으면 그 변화는 방종으로 변질하기 쉽다. 변화의 진행 속도는 그 동력에 정비례하고 마찰에 반비례하며, 그 정과 반의 적절한 배합이 변화를 올바른 길로 이끈다.

생명은 변화하는 것이며 따라서 생명이란 삶의 마찰을 거스르는 것이다. 알을 품은 연어가 산란을 위해 강물을 거슬러 오르듯이, 이상을 품은 사람은 세상에 존재하는 마찰을 거스르며 삶을 이어 나간다. 물고기는 강물의 역방향으로 헤엄치고, 세상에 저항이 존재하기 때문에 사람은 살아가는 것이다.

변화는 필요한 것이지만, 또한 과도한 변화는 사람을 어지럽힌다. 익숙함이 권태로움으로 변질하여, 새로움의 추구로 미화되는 것을 우리는 발전이라 부른다. 사회적 미덕으로만 인식되는 발전은, 변화에 맞서는 마찰이 무력화될 때 일어난다. 동력과 저항의 조화가 인위적으로 깨진 급속한 변화는 사람에게 불균형을 초래한다. 발전이란 이름으로 세상 곳곳에서 일어나는 고삐 풀린 변화는, 고층빌딩이 만드는 도심의 뒷그늘처럼, 사람의 기질과 자연의 파동에 교란을 발생시킨다.

사람들은 세상의 변화를 갈구하지만, 결국은 그렇게 변화한 세상이 자신을 보호해 주기를 기대한다. 우리 몸에 걸치는 옷과 액세서리는 새롭게 변하기를 바라지만, 정작 자신의 육체는 갓 태어났을 때의 모습으로부터 변하지 않고 유지되기를 사람들은 원한다. 세상은 끊임없이 변하지만, 사람들은 이런 역동적 변화 속에서도 변하지 않는 무엇인가가 내 옆에 있어 주기를 고대한다.

　　변화하는 것들은 순환한다. 낮과 밤 그리고 사계절, 신체의 순환계, 이 모든 것들은 시작과 종점 사이에서 순환을 거듭하고, 이런 역동적 변화의 중심에는 하나의 회전축이 존재한다. 주춧돌이 움직이지 않아야 그 위에 멋진 집을 짓듯이, 변화의 회전축은 변화 속에서도 변하지 않아야 꽃피고 열매를 맺는다. 사람들은 오랫동안, 이 회전축이 어떻게 작동하는가에 관해 연구하였고, 그 결과 이 축의 이름을 '나'라고 명명하였다.

겸손

 사람은 자연 생태계와 공존하며 살아간다. 생태계는 생물과 무생물이 서로 교류하고 상호의존성을 가지는 공존의 체계로 정의된다. 지구를 구성하는 무생물인 토양, 바다, 공기는 생태계의 가장 핵심적인 요소이며, 생물은 이런 무생물을 기반하여 태어나 상호교류하며 생태계를 이룬다. 지구에서 발생한 최초의 생물체도 바다에서 출연한 후 육지로 상륙하였고, 따라서 무생물인 바다는 육지에 사는 생명의 어머니이며, 이 생명체는 바닷속에 있는 성분을 아직도 가지고 있다.

 바다에 펼쳐진 잔잔한 수평선을 바라보면 마음이 겸손해진다. 지나가는 배의 뒷면에서 일어나는 물 파도가, 시간이 지나면 수면에 잠겨 사라지듯이, 내 마음에 이는 풍랑도 시간이 지나면 곧 사라질 것이라는 위안도 선사받는다. 육지 생명의 어머니인 바다는 이처럼 나에게도 예외 없이 따뜻한 손길을 보내고, 우리는 그런 엄마 품 같은 곳을 바라보며 한없이 겸손한 마음을 갖게 된다.

　우리는 보통, 겸손은 가진 것이 많고 지위가 높은 사람들이 보여 주는 미덕이라고 생각한다. 많이 알수록 고개를 숙이는 것이 겸손의 표시라고 생각한다. 이처럼 겸손은 나를 낮추는 일이지만, 그렇게 한다는 것은 이미 자신이 높이 있다고 스스로 인정하는 것이나 다름이 없다. 그러므로 높이 오르지 못한 사람에게 겸손이란 지니기 어려운 사치품이나 마찬가지다.

　겸손은 사람을 높이고 낮추는 것에 대해서 하는 말이 아니다. 진정, 높은 사람은 높게 있어야 하고, 낮은 사람은 낮은 곳이 자기에게 맞는 자리다. 배운 사람은 그 나름으로 중요한 역할이 있고, 가진 사람은 부자답게 사는 것이 자연스러운 일이다. 겸손이란 나 자신을 감추는 것이 아니라, 오히려 나 자신에게 정직해지는 것을 말한다. 겸손은 남 앞에서 보이는 위축된 모습을 말하는 것이 아니라, 오히려 내가 가진 진실한 모습을 숨기지 않고 나타내는 것을 뜻한다.

　사람이 겸손해지려면 자기 자신을 알아야 한다. 자신에 대해 파악하고, 내가 진정 원하는 것이 무엇이며, 나의 위치가 어디쯤 있는지 알아야, 사람은 겸손해질 수 있다. 겸손의 마음은 자신을 있는 그대로 인정하는 마음이며 자기를 공경할 수 있는 마음이다. 따라서 겸손한 사람은 내 안의 세계에서 홀로 침잠해도 흔들림을 보이지 않는다. 겸손한 사람은 자아가 단단한 사람이며, 이런 사람만이 남에게 진심으로 고개 숙이고 가식 없는 겸손의 태도를 보일 수 있다.

우리는 대자연을 접하면 하나같이 숙연해지고, 자연의 위대함 앞에서 겸손한 마음을 갖는다. 그 자연은 내가 나왔던 곳이고, 내가 가진 것들이 들어 있어 나를 닮았기 때문이다. 하지만, 우리는 나이가 들수록 엄마의 품속을 잊어버리듯이, 사람들은 세월이 갈수록 자신의 생명이 발생했던 모태를 망각해 간다. 자연을 향한 겸손의 마음은 점점 상실되어 가고, 자연을 거슬러 오르려는 의욕만을 품게 된다.

옛날에 우리 어머니들은 가족을 위해 밤마다 물을 떠 놓고 밝은 달을 향해 절하며 빌었다. 그러나 이젠 그 달 위에 인간이 발을 디뎌 발자국을 남긴 것을 사람의 위대한 업적으로 여긴다. 동서양을 막론하고 오래전에는 바닷속에 용왕님과 바다의 신이 산다고 믿어, 바다를 향해 두 손을 모으고 소원을 빌었다. 하지만 이젠 그런 사람의 마음을 자연숭배 의식이라 부르며 쉽게 폄훼해 버린다. 과거에는 자연을 구성하는 모든 것들 안에 신이 있다고 믿었고, 그래서 태양신, 지신, 산신 등을 섬기며 그것들을 소중히 여겼다. 그런데 그 어느 날에 하늘에 있는 신의 아들이 세상에 내려와, 이 세상에 신은 아버지 한 분뿐이라고 가르

쳤고, 그 결과 지금은 그 많던 자연의 신들이 모두 사라져 버렸다. 하지만 우리는 그 아들의 아버지인 신이 지금 과연 어디에 있는지에 대해 여전히 궁금하게 생각하고 있다.

사람들은, 우리를 내려다보는 하늘과 우리가 딛고 있는 땅을 신으로 섬기는 겸손한 마음을 가지고 있다. 그 신들로부터 분리되어서는 인간이 발붙일 곳이 없다는 것을 이미 알고 있기 때문이다. 겸손의 마음은 공존의 마음이다. 그것이 자연이든 사람이든 간에, 우리가 생태계 내에서 공존하듯이, 우리는 함께 살아가고 싶은 것들 앞에서는 저절로 겸손해진다. 우리는 자연과 함께 살고 또 사람들과 함께 산다. 그리고 또 하나, 나는 내 안에 들어 있는 또 다른 나 자신과 함께 산다. 사람이 자연과 인간 앞에서 겸손하듯이, 나 자신에게도 겸손하면, 내 안에 들어 있는 다른 자아들은 서로 다투지 않고 공존할 수 있다.

하늘의 구름처럼

우리는 날씨의 변화 속에서 살고 있다. 나는 매일의 일과 중에 일부러 시간을 내어 건물 밖의 날씨가 어떤지 피부로 체감해 본다. 하늘을 보면서 그날의 기후가 주는 감촉에 집중해 보는 순간은 하루 중에 가지는 귀중한 휴식의 시간이다.

매일 변화를 거듭하는 것 중의 하나가 하늘에 떠 있는 구름의 모양이다. 하늘의 구름은 태고의 시대부터 떠다녔겠지만, 그 수많은 세월 동안 구름의 모양이 어제와 같은 적이 단 한 번이라도 있었을까. 매일 쳐다보는 하늘에서 하루도 똑같은 모양의 구름을 볼 수 없다고 생각하니, 자연의 변화무쌍함에 놀라지 않을 수 없다.

대기 중에 수증기로 존재하는 물은 날씨의 변화에 따라 눈, 비, 구름 등 여러 가지 형태로 변화한다. 물의 밀도는 날씨에 따라 주변의 공기보다 커지기도 하고 작아지기도 해서, 물은 공기 중에 떠 있기도 하고 가라앉기도 한다. 물은 자신과 주변 간에 미치는 비중을 자유롭게 조절하는 희한한 능력을 가지고 있다.

대부분이 물의 성분으로 이루어진 사람의 신체도 이와 같은 능력을 지닌다. 사람은 물속에 잠겨있을 때 숨을 한껏 들이쉬면 몸이 물에 뜨고, 숨을 끝까지 내쉬면 물에 가라앉는다. 숨을 조절함으로써 신체의 비중이 물의 비중 값을 넘나들게 한다는 말이다. 수영을 잘하는 사람은 팔다리를 움직이는 기술보다 호흡을 순간적으로 조절하는 기능이 뛰어난 사람이다.

물 위를 편안히 헤엄쳐 다니는 사람을 보면 하늘에 떠다니는 구름이 연상된다. 호흡을 통해 자신의 부력을 적절히 유지해 물 위를 떠다니는 사람처럼, 구름도 자신에게 미치는 중력과 부력을 균형 있게 유지해 하늘에 떠 있는 것이다.

하늘에 떠 있는 구름은 그 모양을 수시로 변화시킨다. 시간에 따라 시시각각으로 변하는 구름의 모습을 쳐다보면, 어떻게 저리 자유스럽게 자신의 형태를 바꿀 수 있는지 감탄스럽기도 하다. 구름은 하늘에 떠 있음으로써 자신의 형상을 아무런 저항 없이 한가롭게 바꾼다. 힘의 균형에 의한 부유는 속박이 아닌 자유를 준다.

구름의 자유로움은 주변과 비슷함에서 온다. 주변의 공기와 그 질량을 비슷하게 유지하기 때문에 구름은 공기 중에 떠 있을 수 있다. 아마도 구름은 공기의 질량을 느끼지 못하고, 공기도 구름의 질량을 느끼지 못할 것이다. 서로에게 굳이 존재감을 드러내지 않는 공기와 구름은 같이 붙어 있으면서도 서로 구속하지 않는다.

이 세상을 떠다니는 사람들은 얼마나 자유로울까. 수많은 세월 동안 사람들은 자유를 얻기 위해 고난을 겪고, 전쟁을 하고, 목숨을 바치기도 했다. 사람들은 타인이 나를 억눌렀기 때문에 내가 자유롭지 못하다고 생각했고, 나의 부자유는 외부에서 오는 속박 때문이라고 여겼다. 하지만 만일 사람을 부자유하게 만드는 외부의 요인들이 모두 사라진다면, 아마 사람은 오히려, 홀로 있음에 의해 구속될 것이다. 얽매여 있기에만 익숙한 사람들로부터 그 끈을 놓아 버린다면 그 자유로움은 거꾸로 공허한 부자유가 될 수도 있다. 나의 자유와 부자유는 다른 사람이 주는 것이 아니라 바로 내가 만드는 것이다.

사람이 일생을 살면서 자신이 구름처럼 하늘에 떠 있을 수 있다고 생각한 적이 있을까. 내부로부터의 속박에 묶여 땅에만 붙어사는 사람들은, 공중에 부유해 한가로이 변화하는 자신의 모습을 상상이나 할 수 있었을까. 주변과 비슷함으로 인해 자유로울 수 있는 구름과는 달리 주변과의 차별성만을 추구해 온 사람들의 세상은, 갈수록 자유로움이란 단어가 생경하게 들리는 곳으로 되어 가는 것 같다.

우리는 어릴 때부터 남보다 앞서고 남보다 돋보이는 것이 최선이라고 배웠다. 남다르다고 불리는 것이 칭찬의 말로 들렸고 남보다 많이 가지고 높이 올라가려고만 했다. 그러나 지금, 바로 옆에 있는 공기와 아무런 마찰 없이 교감하는 구름을 보면서, 사람도 자신을 남보다 높게 만드는 것보다 구름처럼 주변과 비슷하게 유지하는 것이 더욱 여유롭고 행복해지는 길이 아닐까 하고 생각했다.

구름은 자신의 비중을 변화시켜 하늘 위에 뜰 수 있고, 사람은 호흡을 조절해 물 위에서 헤엄칠 수 있듯이, 나도 내 마음을 공기와 비슷하게 만들어 구름처럼 하늘에 한번 휙 띄워 보았으면 싶다.

4. 사회의 조화

30년이라는 시간

　독서를 많이 하는 사람들은 고전 읽기의 중요성을 강조한다. 고전에는 인간의 본성과 삶의 지혜가 담겨 있기 때문이다. 신간 위주로 책을 읽는 사람들도 결국은 고전을 읽어야 할 필요성을 느낀다. 고전과 고전으로 평가받지 못하는 책의 큰 차이는, 읽을수록 독서의 맛이 더 강해지는지, 그 맛이 줄어드는지에 달려 있다.

　고전은 이전에 존재했던 많은 책들이 토대가 되고 덧붙여져 완성된 책이다. 대표적인 고전인 종교의 경전들도 누군가에 의해 어느 날 한 번에 집필되지 않았고, 옛날부터 내려오던 수천 년간의 기록이 축적된 결과물이다. 그 기록들이 경전의 지위를 획득한 가장 중요한 요인은, 다름 아닌 지금까지 흘러왔던 수많은 세월과 독서공동체의 인정이다. 그 오래된 시간 동안 사람들에게 반복해서 읽히고 그 뜻이 깊어진 책이 고전이며 경전이다.

　우리는 이렇게 오래된 시간을 나타낼 때 세대라는 단위를 사

용한다. 한 세대는 30년이다. 세대란 사람이 부모로부터 태어
난 후 결혼해서, 자신이 다시 부모가 될 때까지의 시간을 말한
다. 그러므로 30년이라는 시간은 한 사람이 자신의 자녀를 갖
기 위해 준비하는 기간과 다름없으며, 또한 그 자녀를 양육하고
자 하는 의욕이 길러지는 시간이다. 따라서 사람들은 태어난 후
30년이 지나면, 비로소 자신에게 다음 세대를 낳고 교육할 자격
이 주어진다고 생각한다.

　교육이란 말을 들으면 다분히 일방적이고 수직적인 느낌을
받는다. 사람들은 교육을 하는 입장이 아니라, 받아야 하는 처
지가 되면, 교육이란 것이 자신에게 무언가를 부담스럽게 안겨
주는 일이라고 생각한다. 반면, 자격이 있다고 생각하는 어른들
은 교육이란 이름으로 많은 것을 다음 세대에게 짐 지워 주려고
하고, 자녀들은 때때로 그 무거움을 피해 달아날 곳을 찾느라
힘든 시간을 보내기도 한다. 그러므로 30년이라는 시간이 지난
후 어른들이 가진 교육 의식은, 결국 우리 사회에 세대차라는
관념을 유발하게 된다.

　사람들은 한 세대의 특징을 나타내기 위해 세대라는 단어 앞
에 여러 가지 영어 알파벳을 붙여 사용한다. 이렇게 만들어진
새로운 단어는 일정 기간 사람들에게 회자되지만, 그 명칭은 단
기간에 유행이 끝나고 또다시 다른 알파벳 접두사가 붙여진다.

대중 매체들은 앞다투어 이 신조어를 사용하고, 언론에 회자되는 이런 용어 때문에 사회에는 오히려 지금까지 없던 세대차가 만들어진다.

우리가 사는 세상에는 3대에 걸친 세대의 사람들이 함께 산다. 30년이 3번 반복되는 시간이다. 우리는 세대차라는 말을 들으면, 이 시간이 3등분 되어 있다고 생각하게 된다. 그리고는 곧바로, 조부모, 부모, 나를 연상하게 되고, 이들 간에는 마치 시간이 나누어진 경계가 있는 것처럼 받아들인다. 우리는 오랜 시간의 경과를 나타내려고 세대라는 말을 쓰지만, 이 용어는 되레 같은 시대, 같은 공간에서 함께 숨 쉬고 있는 사람들 사이에 실체도 없는 경계를 지어 버리는 것이다.

사회에서 통용되는 연령층이란 말은 의도적으로 경계를 설정하여 연령의 계층화를 유발한다. 연령에 계층이 있고 또 계층 간에는 격차가 있다는 말로 받아들여진다. 사실, 사람들은 우리 사회에는 빈부의 차이, 신분의 고하, 학력의 격차 등이 있음을 느끼고, 그런 것들로 인해 보이지 않는 계층이 생겨 그들 간에 갈등이 존재한다고 여긴다. 이런 일에 익숙한 사람들은, 그런 계층의 개념이 나이가 다른 세대에 있는 사람들 사이에도 존재하는 것처럼 여기고, 세대 간에도 갈등이 존재한다고 믿게 된다.

하지만, 세대 간의 차이는 빈부, 신분, 학력의 차이와 그 의미가 다르다. 우리가 빈부나 신분의 격차를 느낄 때, 그 안에는 우열에 대한 의식이 개입되어 있음을 부인하지 못한다. 부자는 우월하고 가난한 자는 그렇지 않으며, 신분이 높은 자는 힘이 있고 낮은 자는 약하다고 사람들은 생각한다. 그리고 이런 우열의식 때문에 그사이에 갈등이 생긴다.

하지만, 세대 간의 차이는 그렇지 않다. 세대 간에는 우열의 개념이 없다. 나이가 많다고 해서 우월하고 적다고 해서 열등한 것이 아니고, 나보다 먼저 혹은 늦게 태어났다고 해서 신분과 지위가 높거나 낮지 않다는 말이다. 높음과 낮음, 우등과 열등과 같은 감정은 세대 간에는 존재하지 않으며, 따라서 그것들로부터 기인하는 갈등이란 개념도 또한 존재하지 않는다.

한 세대와 그다음 세대 간에는 갈등이 아니라 축적의 개념이 존재한다. 지금껏 이 세상을 거쳐 갔던 사람들의 흔적은 어김없이 다음 세대에 축적되었고, 그 축적은 30년이라는 시간을 단위로 지금까지 수없이 반복되었다. 우리가 읽는 고전의 가치가 읽기의 반복성에 있듯이, 사람의 가치는 세대 간의 축적이 반복되면서 그 깊이가 점점 깊어 간다. 지금 이 땅에 사는 사람들은 다름 아닌 이전에 살았던 사람들에 의해 수천, 수만 년 동안 축적된 기록물들이며, 그렇게 쌓여 온 기록인 사람들 하나하나는 그간 수없이 읽히고 깊어진 현존 최고의 고전인 것이다.

한 시대에는 30년이라는 시간이 과거가 된 사람과 미래로 남겨진 사람들이 함께 산다. 우리는 지금 이런 세대들이 연속되는 그 선상에 있으며, 그 안에서 일어나는 축적의 시간을 함께 경험하고 있다. 사람들이 지금껏 이룬 업적들은 시간의 흐름을 타고 다음 세대로 옮겨 가고, 이렇게 이어져 온 것들은 우리 내면에 쌓여 한 권의 고전이 된다. 고전 읽기가 중요하듯이 자기 자신을 반복해서 읽으면 그 뜻이 나날이 깊고 새로워진다.

사람의 명예

명예는 목숨에 비할 만큼 고귀하게 여겨진다. 전쟁터에서 고국을 위해 목숨을 바친 군인들이 명예로운 국가유공자로 예우받는 것이 이러한 예이다. 나라를 위해 명예로운 일을 한 사람에게는 훈장이 수여된다. 국가는 훈장의 종류를 공로에 따라 세분하여 그 모양과 색깔로 등급을 나눈다. 이러한 훈장 수여에는 상금이 없다. 사람의 명예를 금전적으로 환산하지 않는다는 뜻이자, 수상자의 명예를 숫자로 치환하지 않고 예우하겠다는 의미이다.

사람에게 명예가 주어지는 방법은 포상, 사회적 지위, 재산 등이 있다. 올림픽 메달의 수상자가 최고의 명예를 가졌다는 것은 두말할 필요가 없다. 높은 관직에 있는 사람이나 유명인들이 큰 명예를 누리고 있다는 것도 어김없는 사실이다. 재산이 많은 부자도 예외가 아니다. 소유한 재산이 많다는 것이 명예가 되지 않았던 시절이 옛날에는 분명히 이 땅에 있었지만, 지금은 그냥 먼 옛날의 일이 되어 버렸다. 소유가 명예의 척도로 사용되는 오늘날, 물질 만능시대란 말은 이제 고사성어가 되어 버렸고, 소유냐 존재냐에 대한 갈등도 이젠 완전히 소유의 판정승으로 종결된 것 같다.

상장, 표창장, 훈장과 같이 사람에게 명예를 부여하는 포상의 증서에는 두 사람의 이름이 새겨져 있다. 상을 수여하는 사람과 상을 수여받는 사람이다. 보통 이 두 사람 중에는 상을 주는 사람이 받는 사람보다 사회적으로 더욱 높은 지위에 있다. 이 상장들을 살펴보면, 상을 받는 사람보다 상을 주는 사람의 직함과 이름 석 자가 아래쪽에 더욱 크고 눈에 잘 띄게 쓰여 있다. 어떤 형태로든 누군가에게 수여되는 상장은, 상장을 주는 사람의 이름과 사회적 지위를 서면을 통해 재차 확인하고, 그 명예를 드높이는 기능을 더 많이 가지고 있는 것이다.

대중의 인지도는 한 사람의 명예를 높여 준다고 생각한다. 이때의 명예란 한 사람의 모습이 대중에게 많이 노출되고, 그 사람의 말과 행동이 다른 사람에게 큰 영향을 미친다는 것을 의미한다. 하지만 사람이, 자신이 가진 것을 남들에게 알리기 시작하고 그에 따라 생기는 대중의 평가에 관심을 두게 되면, 결국 그 사람은 인간으로서 가질 수 있는 약점과 결함을 감추는 기술에 더욱 능숙하게 된다. 만일 다른 사람들이 자기를 쳐다보고 있는 것을 명예라고 생각한다면, 반드시 자신을 꾸미려고 하는 것이 사람의 본성이기 때문이다.

사람이 소유하고 있는 명예는 사회적 지위, 대중적 인기, 소유한 재물에서 오는 것이 아니다. 나의 외부에 있는 것들에 의해 이름 붙여진 명예는, 나 자신이 소유한 명예와는 그 개념의 뜻이 같지 않다. 지위, 인기, 재물이 사람의 명예를 결정한다고 하지만, 그것들은 내 안에 들어 있는 것이 아니라 다른 사람의 머릿속에 있는 것이고, 그 가치는 내가 결정하는 것이 아니라 다른 사람의 판단 기준에 따르는 것이다. 사람들은 자신을 바라보는 대중의 생각 속에서 잠시 생겼다가 금방 사라지는 상념을 자신의 명예라고 생각한다. 내가 가진 금융자산과 실물자산의 가치도 타인에 의해 그 가격이 수시로 변화한다.

사람의 명예는 외부에 기인한 개념이 아니다. 명예는 사람 안에서 형성되어 내부적으로 존재하는 개념이다. 명예는 내 안에 보존되어 있으므로 밖으로 드러나지 않아 남들이 볼 수가 없다. 사람의 명예는 다른 이들과 비교되어 순위가 매겨지는 것이 아니라, 나만의 절대적인 가치를 지칭하는 것이다. 명예란 다름 아닌 사람이 스스로에게 정직하여 자신에게 부끄럽지 않은 상태로 존재해 있는 것을 말한다.

이처럼 개인의 명예는 다른 사람들이 만들어 주는 것이 아닌,

자신의 힘으로 내부에서 생성되어 마음속에 뚜렷이 존재하는 실체이다. 광산 깊숙이 숨어 있는 보석처럼, 드러나지는 않지만 매우 귀중한 사람의 명예는, 그 귀한 만큼 얻기 어렵고 손상될 수 있으므로 정성을 다해 보살피고 보존해야 한다.

사람의 명예를 내 안에 보존하기 위해서는 내 마음을 깊이 들여다볼 줄 알아야 한다. 매일 아침에 얼굴을 씻고 수건으로 피부를 조심스레 닦듯이 우리 마음도 늘 그렇게 해야 한다. 나에게 떳떳한 부분과 부끄러운 부분을 구별할 줄 알아야 하고, 내게 진실하여 나 자신이 굳건하다고 느낄 때가 가장 명예롭다는 사실을 알아야 한다. 그 순간에 바로 나를 생각하면 내가 행복해진다.

미래는 어디에

주식 투자를 한 적이 있다. 주식을 산다는 것은 회사의 미래에 투자하는 것이다. 나는 신문에 난 기사를 보고 어느 한 회사의 주식을 샀었다. 기사의 내용은 회사의 실적이 좋아 그 장래가 밝다는 것이었다. 하지만, 내가 산 주식은 다음 날부터 계속 하락했고, 결국은 손해를 보고 주식을 팔고 말았다.

주식시장에는 소문에 사고 뉴스에 팔라는 격언이 있다고 들었다. 회사의 장래가 밝다는 뉴스에 주가가 내려가는 이유도 그런 격언 때문일 것이다. 결과적으로 나는 회사의 미래에 투자했다가 손해를 봤고, 결국 나는 그 미래가 나를 속였다고 생각하게 되었다.

사람들은 자신의 일생을 과거, 현재, 미래로 삼등분하여 생각한다. 사람들은 주변에 흩어진 것이면 무엇이든 잘 구분해 정돈하려는 것과 같이, 긴 시간 속에 흩어져 있는 '나'라는 존재도 그렇게 구분하여 정돈하려고 한다. 나 자신을 과거, 현재, 미래,

세 종류의 시공간에 속한 사람으로 구분하고, 나를 과거의 나, 현재의 나, 미래의 나로 나누어 정돈시킨다. 또 이 세 사람 사이에는 친숙한 부분도 있고, 서로 낯설어하는 부분도 있다고 생각한다.

우리가 과거와 미래라는 단어를 쓸 때는 보통 먼 과거와 먼 미래의 일을 염두에 둔다. 어제의 일이나 내일의 계획을 얘기하면서 과거나 미래라는 말은 잘 쓰지 않는다. 그러므로 과거의 나와 미래의 나는 현재의 나와는 오랜 시간 멀리 떨어진 존재이며, 그래서 과거의 나는 현재의 나보다는 훨씬 미숙하다고 생각하고, 미래의 나는 현재의 나보다 더욱 충만해 있을 것으로 기대한다. 그러므로 미래의 나는 그보다 못한 상태에 있는 현재의 나에게 곧잘 우열 의식을 느끼게 한다.

사람들은 자기와 멀리 떨어져 있는 것을 막연히 동경한다. 시간상 멀리 떨어진 미래에 대해서도 그렇다. 미래라는 말은 이미 이런 동경심을 반영한 말이다. 하지만, 이 세상에 미래를 맞이하지 않을 사람은 없고, 내가 원치 않는다고 해서 미래가 찾아오지 않는 것도 아니다. 그러므로 그 동경심은 능동태가 아닌 수동태의 의미를 지닌다. 내가 동경하기 때문에 미래가 찾아오는 것이 아니라, 다가오는 미래가 나를 동경하게끔 만드는 것이다.

미래는 기다리지 않아도 찾아오는, 반갑지만은 않은 손님이다. 그 손님은 나에게 자기를 대접하라는 의무감을 안겨 주고, 그 손님이 찾아옴으로써 내게 남아 있는 인생의 총량은 분명히 감소하게 된다. 멈추지 않고 돌아가는 시곗바늘을 원망하는 것처럼, 우리는 질주하는 미래가 나를 우회해 주었으면 하고 내심 바랄 때가 많다. 사람들은 미래를 기다리지만, 그 미래가 현재를 점령해 버림을 아쉬워할 때도 있다.

사람의 과거, 현재, 미래 사이에는 경계가 없다. 사람이 가진 이 세 개의 시간은 점진적으로 지나는 것이며, 지나가는 시간 사이에는 가림막이 쳐져 있지 않다. 이 세 개의 시간은 서로가 조합되어 이어져 있고, 이 이어진 조합이 사람의 일생을 완결시킨다. 과거의 순간들이 이어져 현재가 되었고, 현재의 순간들이 이어져 미래가 된다. 인간이 겪는 긴 세월이란 이런 순간들의 반복이며, 사람의 미래란 지금 현재 지나가는 순간의 축적물이지, 어느 날 갑자기 내 앞에 나타나는 것이 아니다.

나무를 보면 숲을 보지 못하고, 숲을 보면 나무를 보지 못하는 것과 같이, 사람은 미래에 집중하면 지금의 순간을 보지 못하고, 순간에 집중하면 미래를 잘 보지 못한다. 사람들은 미래가 있는 곳을 궁금하게 여기지만, 지금 내 피부를 스쳐 지나는 짧은 순간들이 바로 미래의 낱알이라는 사실은 알아채지 못한다.

멀리서 사는 사람들이 동경하는 먼 곳이란, 바로 지금 내가 있는 이곳이다. 우리는 멀리 있는 미래를 기다리며 미래가 있는 곳을 동경하지만, 그 미래는 지금 이곳에서 내 옆을 지나고 있다는 사실을 우리는 간과한다. 사람의 미래는 지금의 순간에도 내게 다가와 붙잡을 겨를도 없이 휙 지나가 버리고, 한 번쯤은 뒤돌아볼 만도 하지만 절대로 그렇게 하지는 않는다.

역사학자들은 과거의 일을 현재의 사관을 통해 해석하고, 미래학자들은 미래의 일을 현재의 시각을 빌려 예측한다. 사람에게 주어진 일생의 중심에는 현재가 있고, 그 현재는 작은 미래의 순간들이 끝없이 이어져 가는 형태로 존재한다. 사람은 하루에도 수없이 많은 미래를 맞이하며, 그 순간순간 다가오는 현재를 살아가고 있다. 다른 곳이 아닌 바로 내 옆에서 말이다. 주식 투자를 하면서 나는, 미래에 현혹되어 지금 이 순간을 잃지 않아야 한다는 교훈을 얻었다.

서양 종교와 동양 종교

순교라는 말이 있다. 외부의 탄압에 맞서 자신의 종교를 지키기 위해 목숨을 바친다는 뜻이다. 현재의 종교인들은 과거에 순교한 사람을 성인이라 칭하고, 자신이 닮고 싶은 모델로 정해 공경의 대상으로 삼는다. 이처럼 종교는 참으로 강렬한 것이다.

사람들은 종교에서 강렬함을 찾는다. 사람은 무덤덤하게 반복되는 일상을 벗어나 나에게 확신을 줄 수 있는 강한 대상을 종교에서 구한다. 미래의 불투명함과 현실의 고단함이 종교를 갖게 하는 큰 원인이다. 종교는 사람의 가장 원초적인 부분을 다루는 것이며, 따라서 종교는 사람이 태어날 때부터 가진 태생적 성격과 유사한 특징을 갖게 된다. 서양과 동양에서 태어난 사람들의 외모가 태생적으로 서로 다른 것처럼, 그들이 믿었던 종교의 모습에도 분명한 차별성이 있다.

사람은 집단에 속해 있을 때 심리적 안정감을 느낀다. 집단 속에 있다가 그로부터 분리되는 순간에 잠시 불안해지는 것은 사람의 본능적 심리이다. 사람은 가족, 학교, 직장 등에 속해 있어 집단이 주는 안정감을 이미 갖고 있지만, 그들로부터 받지 못하는 부족분을 얻고자 종교를 찾는다. 종교는 세상에 살아 있는 사람에게 정신적 안정감을 주는 것은 물론이고, 세상을 떠나기 임박해 있는 사람들의 분리불안 심리를 완화해 주는 역할을 한다. 종교는 여러모로 실용적이고 합리적이다.

종교의 실용성은 신 앞에서 모든 사람이 평등하다고 가르치는 서양 종교에서 찾을 수 있다. 인간의 주인인 신이 존재하고, 그 신의 가르침을 따르면 사람이 죽은 후에 구원받는다는 서양 종교의 교리는, 너무나 명확하고 권위적이기 때문에 사람들이 쉽게 다가가는데 아무런 장애가 없다. 조물주인 절대자가 존재한다는 사실을 의심 없이 믿으면 되는 서양의 종교는, 그냥 기대기만 하면 편안함을 주는 서양의 푹신한 소파처럼 매우 실용적이고 유용하다.

서양의 과학기술이 이룩한 실용적인 서구의 문명은 불편하게만 살아왔던 동양 사람의 생활 방식을 더욱 편리하게 변화시켰다. 모든 것이 편리해지는 방향으로만 일어나는 세상의 변화는 종교에서도 예외 없이 일어났고, 그 결과 우리의 믿음은 오랫동안 추구해 왔던 동양의 종교에서 서양의 종교로 주저 없이 옮겨 갔다. 불편한 동양 종교에서 실용적인 서양 종교로.

서양의 종교가 신을 생각하는 종교라면, 동양의 종교는 사람을 생각하는 종교다. 서양 종교를 믿는 사람 안에는 신이 들어 있고, 동양 종교를 믿는 사람의 머릿속에는 사람이 들어 있다. 서양 종교는 신을 사랑하고 신에게 의지하라고 가르치고, 동양 종교는 사람을 바라보고 사람에게 의지하라고 가르친다. 여기서 사람이란 다름 아닌 나 자신을 가리킨다. 하지만 자기 자신에게 의지하려는 사람들은 나 자신이 끊임없이 헤매고 흔들리는 존재라는 사실을 잘 알고 있기에, 마치 한옥의 방바닥에 누웠을 때처럼 항상 불편함을 느낀다. 그 불편함을 편안함으로 바꾸려는 노력을 동양 종교에서는 수신, 참선, 수양과 같은 말로 표현한다.

　서양 종교의 중심에는 절대자인 신이 있고, 동양 종교의 중심에는 불완전한 사람이 있다. 하늘에 사는 신을 믿는 서양의 종교는 그 마음이 머물 곳을 하늘에서 찾지만, 사람을 믿어야 하는 동양의 종교는 그 마음을 둘 수 있는 곳이 오직 사람밖에는 없다. 그것도 하루 중에 몇 번씩 변심하고 자고 나면 달라지는 나 자신밖에는.

　자기 자신을 믿고 의지하는 것이 힘든 사람들은 서양 종교를 찾는다. 편히 기대어 쉴 수 있는 절대자가 있기 때문이다. 나 자신과 세상이 불안할수록 사람들은 신에게 더욱 의지하며 모든 것을 내맡긴다. 결국, 어지럽기만 한 이 불신의 세상에서 눈에 보이는 것을 믿기 어려운 사람들은 마침내 눈에 보이지 않는 것을 믿게 된 것이다. 사람들은 보고 듣고 만질 수 있는 인간은 언젠가 나를 떠나겠지만, 보고 듣고 만질 수 없는 신은 영원히 내 곁에 머물 것으로 생각한다.

사람들은 누구나 무엇인가를 갈망한다. 종교는 인간의 그 숱한 갈망들이 머무는 곳이다. 종교는 인간의 생명과 죽음, 죄와 용서, 증오와 사랑이 모두 들어 있는 애절함의 바다다. 서양 사람들은 그 바다를 먼 곳에서 찾았고, 동양 사람들은 집안에서 찾았다. 서양인들은 자기와 멀리 떨어져 있는 것들을 갈구했고 동양인들은 자기 옆에 가까이 있는 것에 집중했다. 공격적인 서양의 종교는 방어적인 동양의 종교에 비해 훨씬 진취적이고 화려하게 보인다.

인간이 만든 문명의 기기들은 사람이 가진 고유의 능력을 오히려 감소시킨다. 컴퓨터 자판은 수기력을 떨어트리고, 차량의 항법장치는 방향감각을 잃게 하며, 인공지능은 인간의 판단력을 저하시킨다. 새로운 기기들은 우리의 생활을 실용적으로 만들어 놓았지만, 그 새로운 것들로 인해 잊혀 가는 오래된 불편함의 추억을 사람들은 못내 그리워한다. 지금껏, 서양종교는 사람의 믿음을 신에게 옮겨 놓았지만, 그 신으로 인해 잊힌 동양 종교의 인간적 본성을 우리는 못내 그리워한다.

　종교는 결국 자신과의 싸움이다. 갈라진 마음의 질곡을 애써 메꾸고자 하는 사람들이 종교에 뛰어들어 끝없는 자신과의 싸움을 계속한다. 이러한 내면적 싸움에 동서양의 차이는 있을 수 없다. 서양인이든 동양인이든 그 외모는 서로 달라도 그들 몸 속의 해부학적 조직은 다르지 않듯이, 서양 종교와 동양 종교가 보여 주는 겉모습에는 차이가 있어도, 그 두 종교는 마침내 한 곳의 종착 지점으로 수렴한다는 사실에 의심을 둘 수는 없다.

　오늘날, 종교는 사람들에게 옛날과 같은 절실함을 주지 않는 것 같다. 과거의 서양에서는 왕권과 교권이 동등했고, 동양에서는 궁궐 안에 사당을 지어 왕이 참배했다. 하지만 현재는 종교의 자유가 보장된 나라에서 종교는 선택의 대상이 되었고, 순교라는 말은 어색하게만 들린다. 옛날의 화려했던 번영기를 거쳐 현재에 이른 종교는, 이제 동서양을 막론하고 그 시대가 저물어 가고 있는 것 같기도 하다. 메말라 가는 애절함의 바다에 물이 들어찰 날이 언제나 다시 올 수 있을까.

소유한다는 것

　사람들은 자신의 재산목록을 가지고 있다. 본인이 소중하다고 여기는 것들이다. 그중에 가장 중요하다고 생각하는 것을 재산목록 1호로 부르며 자신의 자랑거리로 생각한다. 재산목록 1호는 귀금속과 같은 물질적인 것부터 귀중한 책이나 그림과 같은 문화적인 것까지 있을 수 있다. 이 모든 것을 사람은 소유하고 싶어 한다.

　어버이날에 부모가 자녀로부터 받고 싶은 선물 1위가 현금이라는 말을 들었다. 선물이란 받는 사람을 마음속으로 생각하며 구매하는 것이지만, 선물보다 현금을 선호한다는 사실은 자녀의 정성보다 부모의 편의성이 우선시 된다는 것을 뜻한다. 사실 현금은 누구나 가장 소유하고 싶은 것이 아닐까.

　현금을 경제적 용어로 유동성이라 부른다. 물과 같은 액체처럼 유동한다는 뜻으로, 고정된 부동산과는 달리 흐르는 재산이란 말이다. 내가 소유한 돈을 쓰면 그것은 다른 사람에게 흘러

들어가고, 그 사람이 돈을 쓰면 또다시 다른 곳으로 흘러간다. 사용되는 돈의 일부는 세금으로 납부되고 그 세금은 국민에게 쓰인다. 유동하는 물이 대기와 지표를 돌면서 순환하듯이 현금은 사람 사이를 돌면서 순환을 반복한다.

이렇게 순환하는 물과 현금에는 한 가지 공통점이 있다. 그것은 이들이 순환하는 과정에서 그 성격이 변화한다는 사실이다. 물은 지구를 돌면서 바닷물, 빗물, 시냇물, 흙탕물과 같이 그 성격이 변화하여, 사람에게 이로울 때도 있고 해로울 때도 있다. 현금도 여러 사람을 통해 수입과 지출을 반복하면서 그 성격이 바뀌어, 그에 따라 사람을 이롭게 할 수도 있고 그 반대가 될 수도 있다.

올바른 방법을 통해 들어온 현금은 부정이나 요행에 의해 취득된 현금과는 그 성격이 매우 다르다. 이 두 종류의 현금은 사람의 심리상태에 극단적으로 다른 영향을 미친다. 내가 소유한 예금통장의 돈이 어떤 경위를 거쳐 쌓였는지에 따라, 내 마음은 믿음직해질 수도 있고 심리적 안정감을 잃고 들떠 버릴 수도 있다. 만일 요행에 의해 큰돈이 들어온다면, 사람의 마음은 걷잡을 수 없이 요동치게 된다.

사람이 소유한 재산은 그 사람이 가진 마음의 성격을 오롯이 반영한다. 사람들이 소유물에 자신의 마음을 투영시키기 때문이다. 사람은 본인의 소유물이 자신의 마음대로 되어 주길 바라며, 그렇지 않을 때는 실망과 좌절을 겪게 된다. 그러므로 자기 마음대로 움직일 수 없는 대상을 자신의 소유물로 간주하는 것은 불행의 시초가 된다. 그 사례가 바로 배우자, 자녀, 친구를 자신의 소유물로 간주하는 것이다. 사람이란 그 누구든 서로를 소유할 수 없고 또 소유당해서도 안 된다.

살다 보면, 내가 원하는 사람의 마음을 소유하고 싶어질 때가 있다. 사람의 마음을 빼앗고 싶을 때 우리는 그 사람에게 달콤한 말을 건넨다. 누군가로부터 칭찬을 들으면 자꾸 그 사람이 떠오르는 심리에 근거해, 내 인상을 타인에게 심으려고 듣기 좋은 말을 던지는 것이다. 하지만 무분별한 칭찬의 말을 자꾸 흘리는 것은 상대의 평정심을 흐리게 하고, 사람의 마음을 도적질하는 것과 같다. 입으로 하기 좋고 귀로 듣기 좋은 달콤하기만 한 말은, 자신을 있는 그대로 돌아보지 못하게 방해한다.

소유라는 말은 능동과 수동의 뜻을 동시에 가진다. 사람은 자신의 소유물을 소유하지만 동시에 소유물은 그 사람을 소유한다. 사람과 소유물 사이에는 일방적이지 않고 상호 간에 작용하는 심리적 교감이 존재한다. 내가 가지고 있는 현재의 마음과 소유물에 붙어 있는 내 마음 사이에는 일정한 괴리가 존재하고, 그 괴리가 커질수록 소유물은 사람을 더 많이 뒤흔든다.

사람들은 본인의 소유물을 사거나 팔거나 해서 자기 마음대로 할 수 있다고 생각한다. 하지만, 현재 내가 가지고 있는 소유물보다는 오히려 이미 나를 떠난 소유물이 주인의 마음을 더욱 크게 움직일 때가 있다. 사람들은 자기로부터 떠나 버린 과거의 소유물에 들러붙어 있는 자신의 마음을 떼어내기 힘들어한다.

무소유라는 말이 있다. 이 단어를 책의 제목으로 하여 한 권의 명저를 집필한 분이 있었다. 그분이 책에서 말하고자 한 무소유의 대상은 아마 물질적인 것이 아니라 정신적인 것이었을 것이다. 무소유란, 소유하되 그 소유물이 나를 움직이지 않는다는 뜻이다.

현금이든 물질이든 무소유를 실현한다는 것은 불가능한 일이다. 더구나 무소유가 미덕이 되는 곳은 지구상에 없다. 물질이 없는 곳에는 마음도 있을 수가 없다. 하지만 우리는 이 세상에 존재하는 물질적, 정신적인 것들을 소유하면서도 그 소유로부터 오는 속박이 싫어질 때도 있다. 소유의 반대말에 자유라는 단어도 있다.

사람은 소유하지 않을 수 없다. 사람들은 자기가 소유한 현금, 집, 물건에 자신의 마음을 기대며 산다. 진실로, 미약하고 상처받기 쉬운 사람의 마음이 갈 곳이라곤 눈에 보이는 자신의 재산밖에 없다. 눈에 보이지는 않지만, 영원히 존재하는 대상을 소유하고 싶은 사람들은 교회나 사찰에 재산을 기부한다. 영원한 것을 소유하면서 자신의 마음을 거기에 두는 것이 훨씬 안전하다고 느낀다.

사람에게 소유한다는 것은 물질보다는 심리적인 면이 더욱 강하다. 사람들은 내 마음이 건너간 곳은 내가 소유하는 것으로 생각한다. 하지만 사람이 소유는 하되 마음이 소유물로 치우치지 않고 자기 안에 머물러 있다면, 그 사람은 진정한 무소유자가 되는 것이다. 그런 사람의 재산목록 1호는 본인의 마음이며, 우리는 그런 사람을 자유인이라 부른다.

시간이 흐르는 곳

〈인 타임〉이라는 외국영화를 본 적이 있다. 재산이 많은 갑부가 시간을 돈으로 사서 자신의 젊음을 연장하며 산다는 공상적인 내용이었다. 진정, 시간이란 사람이 마음대로 하고 싶지만 절대 그럴 수는 없고, 시간의 흐름 앞에서 사람은 완전히 무력한 존재가 된다.

학교에 다니면서 공부를 잘하면 졸업식에서 여러 가지 상을 받았다. 그중에 성적과는 상관없는 개근상이 있었는데 학생들은 그 상을 별로 자랑스럽게 생각하지 않았다. 하지만 다시 생각해 보면 개근상이야말로 가장 가치 있는 상이 아닌가 싶다. 이 상은 한 사람이 학교에서 보낸 시간에 대한 보상이기 때문이다. 인간 최고의 자산인 시간을 정해진 만큼 학교에서 잘 보냈다는 사실을 확인해 주는 개근상이야말로 다른 어떤 상보다 자랑스럽다.

사람 간에 친한 정도를 나타낼 때 '몇 년 지기 친구'라는 말을 사용한다. 그 사람과 같이 보냈던 시간의 길이를 기준으로 삼는다는 말이다. 내게서 흘러간 시간과 친구가 거쳤던 시간이 얼마나 오랫동안 같은 공간에 머물렀느냐가 두 사람의 친밀도를 나타낸다. 시간이 흐르면 내가 겪었던 일이 타인에게 전달되고 그 시간은 다시 나와 함께 공유된다. 공유했던 시간이 많을수록 그 친구와 친하다고 생각하는 데는 의문의 여지가 없다.

나는 한 번씩 편안한 자세로 눈을 감고 고요한 마음을 가진다. 그렇게 하면 내가 매우 안정된 상태에 머물러 있다는 느낌이 든다. 그리고는 이 상태에서 가끔은, 시간이 내 몸 안에서 흐르고 있다는 느낌을 받을 때가 있다. 공기 중에 바람이 불면 공기의 흐름을 피부가 느끼고, 흐르는 물속에 있으면 물의 흐름을 체감하듯이, 내가 흘려보내는 시간의 유속이 몸 안의 피부로 인식된다는 것이다. 마치 혈액이 몸 안에서 흐르는 것처럼, 시간도 내 몸 안에서 흐른다는 생각을 하게 된다. 그렇게 느껴진 시간의 흐름은 나에게는 사실 안타까운 감정을 불러일으킨다. 불어오는 바람은 그치지 않고 계속 불어올 것이고, 흐르는 물은 끊임없이 흘러들겠지만, 배터리가 소모되듯이, 나에게 주어진 한정된 양의 시간이 소모되고 있다고 생각하면 안타까운 마음이 들지 않을 수 없다. 그리고 그렇게 소모되는 시간을 지키고 싶다는 강한 소유욕이 안타까움과 함께 동반된다.

시간이 흐르면 사람의 장기인 오장육부가 변화한다. 사람이 태어나 유아기를 거쳐 성인이 되는 과정에서 신체 장기의 조직이 변한다는 것은 의학적 사실이다. 시간의 흐름은 사람의 신체를 변화시키고 동시에 사람의 마음을 진화시킨다. 진화는 원시인에게만 일어나는 것이 아니라 한 사람이 태어나 성인이 되고 나이가 드는 과정에서도 일어난다. 시간이 흐르면 사람은 진화하고 그 진화된 결과는 사라지지 않고 나의 내부에 남는다.

사람이 성장하면 그 모습은 시간의 흐름과 함께 아름다워진다. 예쁘게 핀 꽃은 시간이 지나면 시들어버려 보기 싫게 되지만, 꽃 주변의 온도와 습도를 알맞게 조절해 주면 드라이플라워로 변해 그 형태가 그대로 보존된다. 우리에게 주어진 시간도 무턱대고 흐르면 사람은 시들어 버리지만, 그 과정에서 어떤 조건이 유지되면 시간의 경과에 따라 그 아름다움이 유지된다. 그 조건이란 다름 아닌 바로 사람이 흐르는 시간을 소유하는 것이다.

사람들은 시간을 소유하지 못한다. 사회 속에서 생활을 영위해야 하는 우리 사람들은 나의 시간을 내가 아닌 다른 곳에서 흘러가게 한다. 그 결과, 시간과 세월이 내 의지와는 상관없이 흘러간다고 생각하게 되고, 결국 흐르는 시간 앞에서 무력감을 느끼는 것이다. 하지만 시간이란 본래 한 사람이 독립적으로 소유하는 것이다. 내가 태어나면 그 생명과 함께 시간이 시작되며, 내가 죽으면 그 시간도 끝난다. 사람의 시간은 수백 수천 년간 계속해서 흐르는 게 아니라, 사람의 탄생으로 인해 시작되고 사람의 죽음에 의해 종료된다. 사람의 시간은 사람 안에서 시작되어 사람 안에서 끝난다. 상속되지 않은 사람의 시간은 이 세상의 어떤 재산보다 그 소유권이 명확하다.

시간은 사람의 의식과 함께 흐른다. 시간이 내 안에서 흐르면 의식도 또한 내 안에서 흐르고, 시간에 의해 내가 휘둘림을 당하면 그 의식도 내게서 이탈한다. 사람들이 자신의 시간을 잃어버리면, 자신의 의식도 잃어버리고, 자신의 마음도 잃어버린다. 재산이 아무리 많아도 시간은 돈으로 살 수가 없다. 오히려 재산이 적은 사람이 시간을 더 많이 소유할 수 있다. 시간의 흐름을 느끼지 못하게 하고 나의 의식과 마음을 자꾸 빼앗아가는 외적 요인이 없기 때문이다. 시간은 다른 곳이 아닌 바로 내 안에서 흐른다. 나의 시간이 내 안에서 흐르면 나는 점점 아름다워지고, 그에 따라 행복은 내 안으로 찾아온다.

후회

사람의 일생에는 시작이 있고 끝이 있다. 우리는 일생에서 가장 중요한 이 두 사건을 모두 듣기 좋고 아름다운 말로 표현한다. 사람의 일생이 시작되는 일을 탄생이라 하고, 그 일생이 끝나는 일을 완성이라 부른다. 완성이란 더 이상의 변화가 일어나지 않는다는 말이다. 사람은 자신의 일생이 끝났을 때 그 사람은 더 이상 변화하지 않으며, 따라서 사람은 완성되는 것이다.

사람들은 보석을 귀중하게 생각한다. 보석은 완성된 물체로서 더는 변화하지 않기 때문이다. 보석은 땅속에 흩어져 있던 성분들이 한곳으로 모여들어 하나의 큰 형상으로 자란 결정체이다. 과학자들은 이렇게 결정체가 자라는 현상을 '뒤틀림과 보완'이라는 이론으로 설명하였다. 자연 상태에서 결정이 커지는 과정에는 외부의 간섭이 개입되고, 그에 따라 결정의 표면에 뒤틀림이 발생하게 되며, 그 뒤틀림을 보완하기 위해 새로운 성분이 틈새에 메꾸어져 결정이 계속 성장한다는 것이다.

세상에서 가장 귀한 존재인 사람도 보석처럼 성장한다. 엄마에게서 태어난 아기는 세상에 흩어져 있던 무수한 물질적, 정신적 성분들이 모여들어 하나의 큰 형상으로 자란 결정과 같다. 무균실이 아닌 이 세상은, 사람을 반듯하게 키우기도 하지만 때로는 성장의 표면에 뒤틀림을 가해 커 가는 사람의 기억 속에 흠집을 남기기도 한다. 사람이 성장한다는 것은 이 기억의 흠집을 보완하여 자신의 일생을 매끈하게 만들고자 하는 욕구를 실천하는 것과 다름없다.

기억 속에 있는 흠집을 현재의 시간으로 소환해 내는 일을 후회라고 한다. 사람들은 자신의 건강한 몸에 생긴 작은 부스럼을 못 견뎌 하듯이, 지나간 시간 속에 있는 좋은 순간들보다, 기억의 흐름에 걸림돌이 되는 작은 티끌을 더욱 불편해한다. 우리는 이미 떠나 버린 시간 속에서 뒤틀어져 버렸던 일들을, 후회라는 이름으로 재생해 자꾸 되뇌는 습관을 지니고 있다.

후회는 성장하는 과정에 사람의 내부에 새겨진 기록이다. 보석이 자라기 위해서는 뒤틀림 현상이 필수적으로 동반되듯이, 사람이 성장하는 과정에는 후회가 필요조건적인 역할을 한다. 계속 성장해 가는 사람만이 지난 일을 후회할 수 있고, 그로 인해 사람은 점차 완성에 가까이 갈 수 있다. 후회하면 부끄러운 마음이 일어나지만, 현명한 사람은 그런 마음을 제물로 삼아 자신을 키우고 완성에 이르게 한다.

후회는 지나 버린 과거에 대한 관조의 산물이다. 관조는 고요한 마음으로 사물이나 현상을 비추어 보는 것을 말한다. 관조는 평정심을 가지고 무엇이든 멀리서 바라볼 때 가능하고, 그것이 제대로 이루어지기 위해서는 또한 시간의 경과가 필요하다. 멀리 떨어진 하늘에서 바라본 세계가 평화롭게 보이고, 예술품도 거리를 두고 보아야 아름답듯이, 사람은 자신의 마음으로부터 떨어져 있을 때 비로소 마음을 제대로 깨달을 수 있다. 후회란 나에게서 멀리 떨어진 과거에 했던 나의 말과 행동을 평정한 심정으로 비추어 보는 일이다. 그러므로 사람은 후회함으로써 비로소 자신의 본마음을 깨닫고 제대로 성장할 수 있다.

바쁘게 진행되는 이 세상은 사람들의 말과 행동에 신속함을 요구한다. 넘쳐 나는 정보와 과다한 선택사항들로 인해 사람들이 내려야 하는 의사결정은 점점 빨라져야 하고, 그렇게 할수록 우리가 선택한 길에 대한 후회는 더욱 커지게 마련이다. 현재로서는 불완전하고 그래서 완성을 향해 나아가는 사람들에게는, 지난 일에 대한 후회가 필연적으로 동반되지만, 그 후회는 다름 아닌 현재의 내 삶이 점차 개선되고 있다는 사실을 방증하는 징표인 것이다.

후회는 강요되지 않은 반성과 같다. 보석처럼 성장하는 사람에게 후회는 자연스럽게 찾아오고, 그를 통해 사람은 좀 더 커다란 결정의 보석으로 자란다. 반성하지 않는 사람은 개선되지 않듯이, 후회하지 않는 사람은 완성되지 않는다.

사람들은 흔히 자기는 후회 없는 삶을 살았다고 말하곤 한다. 하지만, 이는 자신의 과거에 기록된 부끄러움을 감추고 싶은 심정의 표시이다. 스스로 돌아본 삶에 아쉬움이 너무 많거나, 자신의 과거를 완전히 잊어버린 사람들이 이런 말을 한다. 후회 없는 삶은 있을 수 없으며, 후회를 통해 사람은 현재 자신이 어디쯤 있는지를 확인하게 된다. 후회를 통해 지금껏 밟고 올라온 계단을 한번 뒤돌아보면, 지금 내가 서 있는 곳이 바로 제일 높은 곳임을 깨닫게 된다.

취중진담

　남녀를 불문하고 성인이 되면 누구나 한 번쯤은 술에 취하는 경험을 한다. 그 횟수가 일생에 한두 번 정도인 사람도 있고, 셀 수 없이 많은 사람도 있다. 대부분의 사람은 술에 취하면 말을 많이 하게 되고, 그 말은 평소에 잘하지 않는 내용일 때가 많다.

　우리가 만나는 사람의 종류는 그리운 사람, 보기 싫은 사람, 반가운 사람, 잊히기 싫은 사람 등 그 유형이 다양하다. 이런 사람들을 만났을 때 개인이 가지는 심리적 상태는 만남의 종류에 따라 아주 다르다. 하지만 우리가 사람을 만나면 그 만남의 유형과 관계없이 느끼는 한 가지 공통된 감정이 있다. 그것은 바로 사람 사이에 존재하는 '공간감'이다.

　우리는 어떤 한 사람을 만나는 순간, 그 사람과 나 사이에는 어떤 빈 공간이 존재함을 느낀다. 사람을 만나 반갑게 인사하는 것은 그 공간을 채우려는 노력의 표시이다. 가족의 경우에는 이 공간이 매우 작거나 쉽게 채워지지만, 지인의 경우는 아무리 애를 써도 그렇게 되지 않을 때가 있다. 그럴 때는 서로가 너무 노력하기보다는 그 공간을 그대로 남겨 두는 것이 현명한 처신인지도 모른다.

사람들 사이의 공간을 메꾸는 방법은 남자와 여자가 좀 다르다. 여자들은 이 공간을 말로 메꾸려 하고 남자들은 술로 채우려고 한다. 보통 남자들이 지인과 나누는 가장 친근한 인사말은 '우리 술 한잔합시다.'이다. 술은 어려운 사회생활을 하는 현대인들에게는 틀림없이 생활의 윤활유 같은 역할을 한다. 그래서 사람들은 오늘 밤에도 여지없이 술자리에서 만날 지인을 섭외하기에 정성을 들인다.

'취중진담'이란 말이 있다. 친구를 만나 술에 취한 상태에서 서로 나눈 얘기가 자신의 진심이란 뜻이다. 사실 사람들은 대화할 때 자신의 진짜 마음을 드러내지 않는 경향을 은연중에 지니고 있다. 사업상 만나 협상을 할 때는 물론이고, 친구들과 말을 나눌 때도 자신의 것을 그대로 얘기하기보다는 무언가를 첨삭하거나 숨기는 경우가 많다. 그런데 사람들은 술을 마셔 취하게 되면 이런 걸림돌이 없어져 서로가 솔직해진다고 생각한다. 술에 취한 상태에서는 아무 말이나 할 수 있고, 술에 취했다는 것을 핑계 삼아 평소에 못 했던 언행을 자기도 모른 척 보여 주기도 한다. 그리고 이렇게 벌어지는 술자리의 말과 행동을 취중진담이란 이름으로 미화해 버린다.

　취중진담과 같은 말로 '취중진정발'이란 한자어가 있다. 술에 취하면 자신의 진정한 감정이 밖으로 발휘된다는 말이다. 술에 취한 사람은 기쁜 일이 있을 때는 자신도 모르게 웃을 것이고, 슬픈 일이 있을 때는 체면도 없이 그냥 울 것이다. 속상한 일이 있으면 막 화를 내고, 사랑하는 사람이 있으면 부끄러움도 없이 사랑을 고백하게 될 것이다. 우리는 이러한 것들을 사람이 가진 본연의 감정이라고 말하지만, 동시에 남에게 드러내지 않아 감추고 싶은 것들이기도 하다.

　사람은 태어나면서부터 희로애락의 감정을 몸속에 내려받는다. 또한, 이 감정들을 밖으로 드러내지 않고 숨기고 싶어 하는 마음도 동시에 부여받았다. 정말 중요한 사실은, 사람이 가진 진심이란 희로애락의 감정뿐만 아니라, 그 감정의 표현을 숨기고 싶어 하는 또 다른 감각적 본성이 합쳐진 것이라는 점이다. 진정으로, 사람이 가지고 있는 그 숨기고 싶어 하는 마음이 제거되어 버린 감정은 그 사람의 진심이 아니다. 소량의 알코올 성분이 사람의 내부로 들어가야 사람의 말이 진담이 된다는 것은, 그 성분이 분해된 후에는 그 말이 가식이 된다는 말인데, 고귀한 사람이 적어도 그렇게까지 허무한 존재일 수는 없지 않겠나.

　기쁘고, 화나고, 사랑하고, 미워하는 사람의 본능과 그 감정을 숨겨서 감추고 싶어 하는 사람의 마음 중에, 나는 그 숨겨서 감추고 싶어 하는 마음이 더욱 귀중한 사람의 진심이라고 생각한다. 그것은 맛있는 음식을 먹고 싶어도 절제하고 탐닉하지 않아, 스스로 체중을 조절하여 건강과 미를 유지하는 단순한 원리와 같다. 술에 취해 늘어놓은 말은 진담이 아니라 진심이 제거된 취담일 뿐이며, 그것은 사람이 가지고 태어난 본심을 결코 대변해 주지 않는다. 진담이든 취담이든, 사람 사이의 빈 공간을 좁히는 데 필요한, 감성과 이성이 적절히 배합된 언어들이 우리에겐 절실히 필요하다.

음악과 정치

'왕은 무엇을 해야 합니까?' '자신을 바로 세워 나라를 편안하게 해야 합니다.' '음악이란 무엇입니까?' '사람의 심성을 조화롭게 하여 사람을 바로 세우는 것입니다.' 고전에 나오는 이런 말들은 실제로 도달하기는 어려운 내용이지만, 그럴수록 각박한 현실을 사는 우리에게는 주옥과 같이 들린다.

서양의 고전 음악은 중세 교회와 왕궁에서 유래하였다. 그들은 훌륭한 음악가를 고용해 신과 왕을 위한 음악을 만들게 했다. 하지만 그 음악은 결국 어지러운 세상을 다스리느라 심신이 늘 각박해져 있을 당대의 정치인들이 듣는 것이었다. 그러므로 작곡된 곡이 웬만큼 감동적이지 않으면 이런 정치인들의 마음을 움직일 수 없었을 것이고, 따라서 오늘날의 대단한 명곡들이 탄생한 것이다.

국민을 편안하게 하는 정치의 역할과 사람의 심성을 조화롭게 하는 음악의 역할에는 흡사한 점이 많다. 정치란 나라를 구성하는 여러 분야의 사람들이 조화롭게 살도록 만드는 것이고, 음악은 여러 가지 색다른 소리를 조화롭게 어우러지게 해 듣는 사람의 마음을 편안하게 하는 것이다. 서로 다른 것들을 혼합하여 그 구성요소를 만족시킨다는 면에서 보면 음악과 정치는 유사성이 매우 크다.

우리가 듣는 음악은 성악과 기악으로 나뉜다. 사람의 목소리인 성악과 악기의 소리인 기악이 연주되는 형태를 보면, 그 모두가 단 하나의 소리로만 연주되는 일은 거의 없다. 성악은 반드시 피아노나 합주와 같은 반주를 동반하고, 기악도 항상 협연의 형태로 연주된다. 단일 악기만으로 독주가 이루어지는 악기는 피아노가 유일한데, 그것은 피아노가 여러 개의 건반으로 이루어져 있어 단일 악기로도 많은 음계를 동시에 낼 수 있기 때문이다. 음악 연주란 다름 아닌 여러 가지 다른 음을 혼합시키는 행위인 것이다.

음악을 하면서 잊지 말아야 할 키워드가 하나 있다. 그것은 바로 절제이다. 전문 가수나 성악가의 노래가 아름답게 들리는 이유는 그들이 음을 낼 때 엄청난 육체적, 심리적 절제를 동반하기 때문이다. 일반인의 노래와 성악가의 노랫소리가 완전히 다른 이유는, 자기통제를 거친 소리와 그렇지 않은 소리가 나오는 경로가 매우 다르기 때문이다. 성악가들이 노래 소리를 내기 위해 신체의 몸속 근육을 순간순간 통제한다는 사실을 일반 사람들은 잘 모른다. 성악가가 되기 위한 교육과정은, 노래하고자하는 의욕과 함께 자기 절제를 동반하는 방법을 배우는 과정이라고 해도 과언이 아니다.

의욕과 함께 자기 절제의 동반이 가장 필요한 사람들이 바로 정치인이다. 정치는 사람이 해야 하는 일 중 가장 의욕적이고 난이도가 높은 행위이다. 하지만 이렇게 의욕적인 일일수록 그에 상응하는 절제가 동반되어야 한다. 이질적인 집합체를 다루는 정치가 절제를 동반하여 펼쳐질 때 정치는 훌륭한 명곡처럼 아름다운 음악으로 변할 수 있다. 이것은 음악을 들을 때 독창보다는 중창이, 독주보다는 협연이 더욱 아름답게 들리고, 빛깔이 같은 단일 음색보다는 서로 다른 음질의 소리가 섞인 화음이 더 신비롭게 느껴지는 원리와 같다. 음악과 정치는 완전히 다른 것들을 절제의 바탕 위에서 혼합하여, 그 전체의 가치를 격상시키는 고도의 테크닉이다.

정치인들은 행여 인위적인 방법을 사용하여 국민들이 똑같은 빛깔의 동일한 목소리를 내게 만들려고 한다. 그러나 모든 악기가 하나의 음색만 낸다면 그 음악은 감흥이 없어지고 연주가나 청중이 아무런 매력을 느끼지 못하게 된다. 서로 다른 의견이 존재하기 때문에 정치가 필요한 것이며, 사람을 획일화시키는 정치는 정치인 본인의 존재 가치를 스스로 소멸시키는 행위와 다름이 없다.

성악과 기악의 연주자들은 그 연주행위 자체가 결국은 자신에 대한 수양이라고 말한다. 무대 위에서 연주하는 사람은 객석에 앉아 있는 청중들을 보지 않는다. 본인을 향해 역광으로 비치는 무대 조명이 가장 큰 원인이며, 또한 의도적으로 관객의 시선을 마주하지 않기 때문이다. 음악가는 오직 자신에게만 집중해 소리를 만들고, 그 음이 음악가를 떠난 후에 어떻게 들리느냐 하는 것은 듣는 사람의 몫으로 남긴다.

최고의 연주란 다른 사람을 의식해서 만들어지는 것이 아니라, 자신의 영역 안에 있는 심신의 동작에 의해서 만들어지는 수양의 결과물이다. 정치도 음악 연주와 같이 나에게 먼저 집중하고 자신을 조화롭게 바로 세운 다음, 나라를 편안하게 만드는 자기 수양의 행위인 것이다.

아름다운 음악을 들으면 그 소리에 매료되어 자기도 모르게 마음이 편안해진다. 사람의 내부에 들어 있는 갖가지 높고 낮은 기질들이 음악의 화음에 맞게 조화를 이루기 때문이다. 우리는 이렇게 조화로운 기질이 투영된 올바른 마음의 정치인을 보고 싶어 하고, 그런 사람들이 이끄는 나라에서 살고 싶어 한다. 국민과 함께 정치하는 사람들도 같이 행복해지는 나라에서.

동방예의지국

'당신 몇 살이야?' 사람 간에 다툼이 일어나 언성이 높아졌을 때, 어느 한쪽이 마지막에 할 수 있는 말이다. 서로의 잘잘못을 따져 봐도 상호 간에 화해가 되지 않으면, 결국은 나이로 승자와 패자를 가리자는 뜻이다. 우리는 자기보다 나이 많은 사람을 윗사람이라 부른다.

연장자에 대한 예우 의식이 우리나라만큼 강한 나라도 없다. 우리 사회에서는 존칭어와 반말의 구별이 매우 뚜렷하고, 나이가 사람의 위아래를 결정하는 마지막 척도로 사용된다. 나보다 한 살이라도 많은 사람을 우리는 주저 없이 형님, 언니라고 부른다. 부모님이 나를 잉태했던 시점에 따라, 나의 사회적 순위가 결정된다는 사실을 우리는 숙명적 공정함으로 받아들인다.

우리가 표시하는 연장자에 대한 예우는 그 사람이 보냈던 시간의 자취에 대한 예우와 다름없다. 사람들은 다시는 재생되지 않는 지나간 시간에 대해서 기꺼이 예를 표하는 것이다. 복귀될 수 없는 시간에 대한 예의는, 흘러가 버린 과거에는 절대 손을 쓸 수 없다는 인간적 체념의 표시이기도 하다.

동방예의지국은 옛날 중국에서 우리나라를 지칭한 말이다. 동쪽에 있는 우리나라가 예의를 잘 지킨다는 뜻이다. 하지만 듣는 사람에 따라서는, 이 말을 우리나라를 존중하는 말로 받아들이기도 하고, 우리나라가 자기들에게 순종적이라는 말로 해석하기도 한다. 옛날에 중국을 대하는 우리나라 사람의 속마음에는 무릇, 존경 혹은 복종 또는 굴욕의 경계선을 넘나드는 감정들이 복합되어 있었음을 부인할 수 없다.

우리는 연장자에게 고개 숙여 인사한다. 나보다 세상에 더 오래 머물렀고, 내가 밟고 가려는 길을 미리 가 본 사람을 향해 예의를 갖추는 것은 자연스러운 일이다. 내가 해결해야 하는 삶의 숙제를 이미 풀어 본 이들과 나의 미래를 앞서 경험한 사람들에게 우리는 머리를 숙일 수밖에 없다. 그 어른들은 내 인생의 등불이 되기 때문이다.

복잡하고 어두운 세상을 사는 사람들은 이 등불을 이정표로 삼아 길을 잃지 않는다. 이 세상에는 희망의 불빛, 욕망의 불빛, 타오르는 불빛, 꺼져가는 불빛들이 존재하고, 사람들은 이들을 향해가며 용기를 얻기도 하고 좌절을 맛보기도 한다. 사람들은 자기가 바라보는 등불이 영원히 꺼지지 않으리라고 믿지만, 한

편으론 그 불빛이 꺼져가는 모습을 보고 안타까워하기도 한다.

사람들은 누구나 자신만의 등불 같은 선생님을 갖기를 원한다. '선생'이란 먼저 태어났다는 말이다. 우리는 나보다 먼저 태어난 사람을 따라가며 인생의 실패를 반복하지 않으려고 한다. 선생님, 선배님, 형님, 부모님까지. 우리가 이 어른들에게 존댓말을 사용하는 이유는, 그들이 가진 등불로 나를 밝은 곳으로 인도해 주기를 바라기 때문이다.

하지만, 이 어른들 중에는 애석하게도 자신이 가진 등불을 스스로 꺼뜨리는 사람이 있다. 참으로 야속한 사람이다. 사람들은 자신이 가진 불빛이 사라지면, 어둠 속에 길을 잃는 이들이 생기는지를 모르는 채, 그 등불을 관리하지 못하고 스스로 불씨를 꺼트리는 잘못을 범한다. 내가 따르는 윗사람이 그의 불빛을 잃어버리는 것을 보면, 내 안에는 내심 그분을 원망하는 마음이 일게 된다. 어른들에게 고개를 숙이고 높임말을 하는 이유는, 그 선배들이 후배들의 본보기가 돼 달라고 부탁하는 것과 다름이 없기 때문이다.

예의란 자기를 지키기 위해 고개 숙이는 사람들이 입는 겉옷과 같다. 누군가가 나에게 고개를 숙이면, 우리는 그것을 예의의 표시로 받아들이지만, 결국은 그것이 고개 숙이는 사람의 자기방어를 위한 수단임을 잘 알아채지 못한다. 사람은 자신을 보호하고 나를 지키기 위해 타인에게 머리를 숙인다. 말 없는 동상 앞에서 엎드려 절하는 이유도 자신을 지키기 위한 것이고, 우리나라가 동방예의지국이라 불린 것도 결국은 자국의 안위를 보존하기 위함이었다.

참된 예의란 남에게 보이기 위한 것이 아니라 자기 자신을 향한 것이다. 예의는 나이 많은 사람에게 높임말을 하는 것과 같은 행동만을 오롯이 지칭하는 말이 아니다. 진정한 예의란 자신에게 보이는 자기 경의의 표시이다. 예의는 자신이 겪은 과거와 다가올 미래 그리고 현재의 자신에게 표하는 예우의 마음이다. 우리는 나보다 앞서 살았던 어른들의 훌륭한 모습이 자신의 미래가 되기를 바란다. 그 때문에 그런 어른을 보면 예의의 마음이 일어나게 된다. 빛나는 등불의 역할을 하는 어른에게 보이는 예의는, 그것을 닮고 싶은 나의 미래를 존중하는 마음과 다름이 없는 것이다.

예의는 또한 자신의 과거를 소중히 생각하는 마음의 표시이다. 사람들이 후배들을 보면 자신의 과거를 떠올리게 된다. 그래서 지금 현재의 길을 걷고 있는 후배들에게 예의를 표하고, 그로 인해 자신의 옛 자취를 예우하는 것이다. 되돌아가고 싶은 과거의 시간이, 지금 내 눈앞에서 진행되고 있음에 경의를 표하지 않을 사람은 없다.

이처럼 사람의 예의란 미래와 과거를 아우르는 시간에 대한 존중의 표시이고, 결국 자신을 향한 존경의 마음이다. 존경의 마음으로 자신을 대하는 사람은 남에게도 그렇게 할 것이고, 그래서 예의를 갖추어 상대를 대하게 된다.

우리나라의 언어에 존칭어가 발달했다는 사실은, 옛 선조들이 이 땅에서 비추었던 등불이 그 긴 세월 동안 꺼지지 않았다는 것을 의미한다. 그래서 그 빛을 향해 던졌던 아랫사람의 언어가 높임말의 구조를 잃지 않은 것이다. 하지만 이제 주변을 돌아보면, 사람들 사이에 오가는 올림말 속에 진심 어린 예의보다는 언어의 겉 무늬만 남아 있지는 않은가 하는 생각이 든다. 사람들이 연장자에게 올려서 하는 말이, 자기방어가 아닌 진정한 존경의 표시가 되었으면 싶다.

읽을 수 있는 시간

글은 사람이 보낸 시간의 흔적을 읽을 수 있게 한다. 시간은 복구되지 않은 변수이며 사람을 돌이킬 수 없는 비가역적인 상태로 변화시킨다. 나는 이 책에서 지금껏 내가 겪은 이 재생 불가능한 시간의 흔적을 지면에 옮겨 글로 썼다.

작가는 자신의 책을 가장 열심히 읽는다. 작가가 쓴 책의 가장 열렬한 독자는 바로 저자 자신이다. 글은 사람에게서 나오지만, 그 글을 쓴 사람은 자기가 쓴 글을 읽으며 자기 안에 또 다른 자아가 있음을 인지한다. 내가 쓴 글을 다시 읽는다는 것은 그냥 지나친 자아를 다시 발견하는 일과 다름이 없다.

사람들은 볼 수 있는 곳에 자신의 마음을 둔다. 우리는 가까이에 보이는 것들 위에 마음을 두고 그것들을 매일 쳐다보며 보살핀다. 이렇게, 어떤 것을 쳐다보며 자신의 마음을 둔다는 것은 그것을 사랑한다는 말과 같다.

나는 책을 쓰면서, 내가 쓴 글을 다시 읽는 일이 나를 사랑하는 매우 좋은 방법이라는 것을 깨달았다. 나는 에세이를 쓰면서 지나 버린 시간을 글로 옮겨 읽을 수 있게 했고, 그것들을 새로 보며 나를 사랑하는 마음을 구체화했다. 이 모든 과정이 내게는 더할 나위 없이 행복했고, 이런 시간을 겪으면서 주변의 사람과 자연을 더욱 사랑할 수 있게 되었다.

글을 쓰는 사람은 자신을 사랑하는 사람이다. 자신을 사랑하고 싶은 사람은 글을 쓰면 된다. 지나간 시간이 글로 쓰여 읽히면 그 시간은 행복한 시간으로 변하고, 그 시간의 주인이 된 당신은 자신을 스스로 사랑하게 된다.

사람에게는 자신만의 동상이 필요하다. 우리에겐 손으로 만질 수 있고 마음을 얹을 수 있는 든든한 동상이 절실하다. 이 책은 내 마음에 쏙 드는 나만의 동상이고, 나는 책에 인쇄된 활자를 읽으며 내가 기댈 수 있는 나 자신을 확인하게 되었다. 이렇게 얻어진 나의 행복이 나를 거쳐 너와 우리 모두에게 전달되었으면 좋겠다.